共和国故事

长江明珠

——葛洲坝水利枢纽工程胜利竣工

张学亮 编写

吉林出版集团股份有限公司

图书在版编目（CIP）数据

长江明珠：葛洲坝水利枢纽工程胜利竣工/张学亮编. —

长春：吉林出版集团股份有限公司，2009.12

（共和国故事）

ISBN 978-7-5463-1774-8

Ⅰ. ①长… Ⅱ. ①张… Ⅲ. ①纪实文学 – 中国 – 当代 Ⅳ. ①I25

中国版本图书馆 CIP 数据核字（2009）第 236800 号

长江明珠——葛洲坝水利枢纽工程胜利竣工

CHANG JIANG MINGZHU　　GEZHOUBA SHUILI SHUNIU GONGCHENG SHENGLI JUNGONG

编写　张学亮

责任编辑　祖航　林丽

出版发行　吉林出版集团股份有限公司

印刷　三河市嵩川印刷有限公司

版次　2010 年 1 月第 1 版　　　　2022 年 1 月第 9 次印刷

开本　710mm×1000mm　1/16　　　印张　8　字数　69 千

书号　ISBN 978-7-5463-1774-8　　定价　29. 80 元

社址　吉林省长春市福祉大路 5788 号

电话　0431 – 81629968

电子邮箱　tuzi8818@126. com

版权所有　翻印必究

如有印装质量问题，请寄本社退换

前　言

　　自 1949 年 10 月 1 日中华人民共和国成立至今,新中国已走过了 60 年的风雨历程。历史是一面镜子,我们可以从多视角、多侧面对其进行解读。然而有一点是可以肯定的,那就是,半个多世纪以来,在中国共产党的领导下,中国的政治、经济、军事、外交、文化、教育、科技、社会、民生等领域,都发生了深刻的变化,中国人民站起来了,中华民族已屹立于世界民族之林。

　　60 年是短暂的,但这 60 年带给中国的却是极不平凡的。60 年的神州大地经历了沧桑巨变。从开国大典到 60 年国庆盛典,从经济战线上的三大战役到经济总量居世界第三位,从对农业、手工业、资本主义工商业的三大改造到社会主义市场经济体制的基本确立,从宜将剩勇追穷寇到建立了强大的国防军,从废除一切不平等条约到独立自主的和平外交政策,从"双百"方针到体制改革后的文化事业欣欣向荣,从扫除文盲到实施科教兴国战略建设新型国家,从翻身解放到实现小康社会,凡此种种,中国人民在每个领域无不留下发展的足迹,写就不朽的诗篇。

　　60 年的时间在历史的长河中可谓沧海一粟。其间究竟发生了些什么,怎样发生的,过程怎样,结果如何,却非人人都清楚知道的。对此,亲身经历者或可鲜活如昨,但对后来者来说却可能只是一个概念，对某段历史的记忆影像或不存在，或是模糊的。基于此，为了让年轻人，特别是青少年永远铭记共和国这段不朽的历史，我们推出了这套《共和国故事》。

《共和国故事》虽为故事，但却与戏说无关，我们不过是想借助通俗、富于感染力的文字记录这段历史。在丛书的谋篇布局上，我们尽量选取各个时代具有代表性或深具普遍意义的若干事件加以叙述，使其能反映共和国发展的全景和脉络。为了使题目的设置不至于因大而空，我们着眼于每一重大历史事件的缘起、过程、结局、时间、地点、人物等，抓住点滴和些许小事，力求通透。

历史是复杂的，事态的发展因素也是多方面的。由于叙述者的视角、文化构成不同，对事件的认知或有不足，但这不会影响我们对整个历史事件的判断和思考，至于它能否清晰地表达出我们编辑这套书的本意，那只能交给读者去评判了。

这套丛书可谓是一部书写红色记忆的读物，它对于了解共和国的历史、中国共产党的英明领导和中国人民的伟大实践都是不可或缺的。同时，这套丛书又是一套普及性读物，既针对重点阅读人群，也适宜在全民中推广。相信它必将在我国开展的全民阅读活动中发挥大的作用，成为装备中小学图书馆、农家书屋、社区书屋、机关及企事业单位职工图书室、连队图书室等的重点选择对象。

编　者
2010 年 1 月

一、决策规划

二、勘测设计

三、施工建设

目 录

一、 决策规划

● 毛泽东露出了笑容说："有道理，赞成兴建此坝。你们要向周总理请示报告，并要得到国务院水电部及其他有关部门的大力协助和支持。"

● 周恩来强调："对少数人的意见，应采取什么态度？不要排除不同意见……搞水利总是急，考虑不完全，太急不行。太急容易出乱子……"

● 李先念说："希望大家不要有成见，科学嘛，不是成见来解决问题，实事求是，认识不一，辩论一下有好处。"

毛泽东批示兴建大坝

1970 年 12 月 25 日，中共中央、毛泽东正式批准兴建宜昌长江葛洲坝工程。

早在 1955 年的时候，应中国之邀，苏联政府派出一批水利专家来到中国，帮助我国进行长江流域规划和三峡工程设计工作。

这些苏联专家分两批先后来到长江流域规划办公室，听取了中方所作的关于长江流域规划和三峡工程设计情况介绍。

苏联专家对中国前阶段研究的成果感到十分满意，只有一点，他们对中方选择的三峡工程坝址问题提出了不同意见。

那是 1956 年夏，63 岁的毛泽东神情严峻地第三次横渡长江，以与大自然搏斗的英雄气概和重整山河的决心吟诵了壮词豪歌：

> 更立西江石壁，
> 截断巫山云雨，
> 高峡出平湖。
> 神女应无恙，
> 当惊世界殊。

曾经被毛泽东称为"长江王"的水利专家林一山决心要成为治理长江的"总工程师"。他努力勾画着领袖描绘的宏伟蓝图，铭记着周恩来的叮咛，率领着治理长江的队伍，大踏步朝三峡走去。

1958年2月到3月间，周恩来在李富春、李先念的陪同下，从武汉溯江而上，视察了三峡，踏勘了三峡的两个坝区，之后便确定了长江的近期治理原则和远景规划。

1958年2月，根据周恩来考察的结果和专家讨论的意见，成都会议通过了《关于三峡水利枢纽和长江流域规划的意见》，明确提出：

> 三峡水利枢纽是需要修建而且可能修建的，现在应当采取积极准备和充分可靠的方针，进行各项有关的工作。

根据这一决议，以长江流域规划办公室为主，有关部门积极配合，开始了三峡工程和长江流域规划的各项准备工作。

经过几年的争论，初步确定三斗坪为三峡大坝坝址，否定了美国人最初提出而当时苏联专家又倾向的南津关坝址。

但这也带来了三个问题：第一，坝址上移，要损失十多米水头，等于白白丢掉了一个二三百万千瓦的电站；

第二，三斗坪坝址下游至南津关一段38公里的峡谷河道航道条件难以改善，将成为发展川江航运的"盲肠"；第三，三峡电站担负调峰作用，放水时多时少，下游水位日夜变化在10米以上，更会影响航行。

为了解决这些问题，1959年12月，交通部部长王首道主持召开了一个研讨会。在这次会上，专家们提出了各种不同的方案。

当时，长办三峡工程设计领导小组组长魏廷琤在会上介绍了两级开发方案，在葛洲坝建一个反调节水库，与三峡工程配套，既可收回那失去的十多米水头，又可控制三峡电站尾水位变化。

这个方案得到交通部领导认可，长江流域规划办公室党委还正式决定让魏廷琤来抓葛洲坝工程设计。

1960年，苏联撤走专家之前，大家编制完成了葛洲坝工程初步设计要点报告，上报给中央。

20世纪60年代初，由于国民经济处于困难时期，加之中苏关系恶化，苏联撕毁合同，撤走专家，三峡工程没有能按原计划进行建设，葛洲坝工程相应也搁置了。

1966年以后，三峡工作基本陷于停顿。

1969年，由于缺电非常严重，水电部研究对策，设想上三峡工程。为此水电部想了一个办法，先不提防洪，因为一提防洪就涉及库容、水位等一系列复杂问题，就光讲发电，提了一个最低145米的蓄水位方案。

水电部和湖北省一起向中央写了一个报告，建议三峡工程上马。

1969年9月，张体学代表湖北人民的意愿，就三峡问题向毛泽东汇报。

毛泽东说："现在不考虑修三峡。要准备打仗，要考虑脑壳上顶200亿立方水的问题……"

1969年10月，毛泽东在武汉听取武汉军区司令员曾思玉、政委刘丰提出的兴建三峡大坝设想时，又说道："在目前备战时期不宜作此想。"

此后，为了解决湘西、鄂西、豫西、川东等地区"三线"建设和生产用电，武汉军区、水电部、长江流域规划办公室设想改修三峡下游宜昌的葛洲坝低坝，采用径流发电，既可避免战时轰炸使下游淹没的危险，又可争取较短时间加大航运和发电量。

1970年4月24日，林一山向李德生报告并报毛泽东、周恩来，再次提出《三峡水利建设时机问题的报告》，认为：

三峡建设时机已经成熟，从需要和可能两方面看，应列为国家近期重点建设项目。

同年5月30日，水电部向国务院报告，停建清江隔河岩水电站，提前兴建长江葛洲坝枢纽，计划1975年建成。在此基础上，再用8年时间，完成三峡工程。

当时，毛泽东从军事角度考虑，否定了这个报告。

决策规划

他对张体学讲："你头上顶200亿立方米水，怕不怕呀！"

1970年，湖北省委和武汉军区又向中央提出先上葛洲坝工程。他们在报告中说，葛洲坝水库库容只有10多亿立方米，长江那么大，万一被炸垮了也不怕。

同年3月，周恩来给湖北省委、武汉军区下命令，让林一山到北京开会。

魏廷铮跟着林一山到北京参加了在北京饭店召开的第三个五年计划讨论会。

葛洲坝工程是三峡工程的一个组成部分，是三峡工程的反调节水库。先建葛洲坝工程，会对三峡工程施工造成一定影响。

因此，当周恩来征求林一山的意见时，林一山不赞成先上葛洲坝工程，主张先上三峡工程。

林一山呈了一份意见书：

一、先建葛洲坝工程给今后三峡工程施工造成很大困难；

二、分期开发建三峡的方案，效益是葛洲坝的两倍；

三、葛洲坝工程的技术问题比三峡还复杂，而且当时还没有设计，三峡却早已做了设计。

林一山让魏廷铮起草了一个报告，主张先修三峡工程，或者三峡工程和葛洲坝工程同时上马。

同年 4 月，周恩来在听取水电部关于电力建设的汇报时，提出先建葛洲坝工程还是先建三峡工程，现在不作结论，都做准备。

当时，中央正在做第三个五年计划草案，把三峡工程列了进去。

周恩来的秘书顾明曾经把这个报告草案拿给魏廷珸看，告诉他们三峡工程要上了。但后来情况变化，这个报告草案没能批下来。

这时候，武汉军区又催请周恩来批准兴建葛洲坝的报告。周恩来也非常着急。

经过勘探、试验，1970 年 10 月，中共中央提出兴建葛洲坝工程的报告。

1970 年冬，周恩来亲自主持中央政治局会议，研究和讨论了长江三峡枢纽工程的组成部分葛洲坝水利枢纽工程的有关问题。

11 月，中共中央政治局讨论并原则批准这一报告，要求多作试验和研究，写出可靠的水坝工程资料。

1970 年 11 月，张体学和武汉军区司令员曾思玉、政委刘丰离汉赴京见毛泽东，争取葛洲坝工程及早上马。

他们向中央办公厅主任汪东兴说明来意，汪东兴说这么大的事一定要请示主席，并答应安排后再通知。

几天后他们由汪东兴引领进中南海，缓步跨入毛泽东的会客室。毛泽东正在读书，三人齐声问主席好。

毛泽东同他们握手后问道："你们有什么要紧的事

谈呀？"

曾思玉答道："报告主席，关于在长江上兴建大型水电站的问题，先由体学同志向主席作详细汇报。"

毛泽东面向张体学说道："体学同志是老湖北人，你在汉江上游兴建了一个大型丹江口水电站，淹了河南一部分土地，河南人收益小，问题解决了没有？"

张体学回答："基本解决了，有的问题正在解决。"

毛泽东说："体学兴建大型水电站有些经验，有发言权。思玉同志打仗还可以，但你们想在中国第一大江上兴建大型水电站，有把握吗？"

张体学说："实践中学习再学习。"

毛泽东笑了："你们胆大，有股干劲精神可嘉，你们讲一讲，在长江上兴建大型水电站的总体设想。"

张体学说："长江流域规划委员会周总理是主任，林一山同志是办公室主任。新中国成立后长江流域规划办公室在长江进行了水文地质勘察，整理了许多水文资料，也拟定了兴建大型水电站的方案。林一山同志主张在三峡三斗坪地区兴建高坝水利枢纽。低方案蓄水 80 亿立方米，装机容量 600 万千瓦，10 年时间投资 30 多亿元。方案中蓄水要淹到重庆，万县城要搬家，实现主席'高峡出平湖'的理想。"

毛泽东听了笑着说："你说投资 30 多亿？我看一上马就要 50 亿元还多。'高峡出平湖'是我写诗说的……林一山嘛！这个人有一股干劲，过去我跟他谈过，怎样把长江沉淀的泥沙解决，水土保持是一大问题。"

毛泽东谈到重庆以上到金沙江要修几座坝，谈到四川哪6条大川汇入长江。

毛泽东话锋一转又道："你们真是敢想敢干，但有关科学资料、设计、施工条件不成熟，上了马至少几十个亿，这些问题你们考虑了没有？打起仗来，万一敌人投原子弹，这股水急流下去，长江中下游首当其冲的是宜昌、沙市、武汉三镇，九江、安庆、南京、上海等城镇也可能会被淹掉，这可是要慎重行事的哟！当前在中国长江上兴建第一个坝，各方面条件还不够成熟。你们还有什么更好的方案？"

曾思玉立即回答："如果三斗坪地区不行，我们同有经验的人研究过多次，考虑第二方案，拟在宜昌上游靠近市郊葛洲坝修建低水头大型发电站，设12台机组，总装机204万千瓦，利用长江一、二、三江的自然地形和水势，兴建长江第一坝。尔后各方面条件具备了，可在三峡三斗坪地区兴建高坝水电站。"

话音刚落，张体学接过话头补充道："思玉同志和我带上专家去三斗坪和葛洲坝进行了现场勘察，我们一致认为葛洲坝兴建低水头发电站较有把握。"

毛泽东听到这儿露出了笑容说："有道理，赞成兴建此坝。你们要向周总理请示报告，并要得到国务院水电部及其他有关部门的大力协助和支持。望你们在设计和施工中，不要把长江变短江，要做到'三救'，即救船、救木、救鱼等问题。就谈这些，祝你们成功。"

曾思玉一行起身告辞。向周总理汇报后，他们匆匆回汉向省委和军区党委传达毛泽东的指示。

1970 年 12 月 16 日，周恩来主持召开葛洲坝工程设计汇报会，讨论通过了先上葛洲坝工程的意见。

12 月 24 日，周恩来致信毛泽东，同意先兴建葛洲坝工程。

周恩来在信中写道：

主席：

去年十月，主席曾在曾思玉、刘丰两同志提议修三峡大坝时说到，在目前备战时期不宜作此想。后来，他们说水电部、长办能够设想改修三峡下游宜昌附近的葛洲坝低坝，采用径流发电，既可避免战时轰炸影响下游淹没的危险（低坝垮了只多 3 亿到 8.5 亿立方米水量的下泄，宜昌到武汉河槽内可以容积），又可争取较短时间加大航运和发电量（航运单向年达到 2500 万吨左右，发电装机可达到 204 万千瓦，保证出力 80 万千瓦，时间十年可成）。武汉军区和湖北省革委会本年十月，就提出报告请中央列入"四五"计划。中央政治局十一月会议讨论，原则批准，要他们多做水利试验和研究，并写一可靠的水坝工程资料。我和国务院业务组（先念、德生同志均参加）与曾思玉、张体学、林一山等同志和水电部负责人经多次研究和讨论，认为在"四五"计划时兴建葛洲坝水利工程是可行的，他们所提出的资料和数据也是经过十来年的现场地质勘察、水工试验和历史水文记录的积累和分析研讨，基本可靠。而在施工过程中还可精心校正、精心设计，力求避免20年修水坝的许多错误。至于三峡大坝，需视国际形势和国内防空炸的技术力量的增长、修高坝经验的积累，再在"四五"期间考虑何时兴建。现将中央批复送审稿及报告和附件、附图（二张）呈上，请审阅，并请主席批示。林一山意见也一并送上。

12月26日，毛泽东在他77岁寿辰的这天，看了周恩来的信和《中共中央关于兴建宜昌长江葛洲坝水利枢纽工程的批复》后，写下批示：

> 赞成兴建此坝。现在文件设想是一回事。兴建过程中将要遇到一些现在想不到的困难问题，那又是一回事。那时，要准备修改设计。

決策規劃

周恩来采纳民主决议

1970 年 12 月，周恩来召开了葛洲坝工程讨论会。

周恩来知道林一山有不同意见，所以每次会都让工作人员通知到林一山本人，而且会议开始后，他还要关心地问一声，"林一山同志来了没有？"

在会议期间，周恩来也常说："林一山同志你谈谈看法。"

林一山多次谈了自己的看法，但不少人没有接受。

有一次会散了，林一山依然坐在那里。

周恩来送走别人，又折回会议室向林一山走去说："林一山同志，刚才你没有把话说完，是吧？还是应该讲，我喜欢听你的意见，就因为你总是讲真话。"

林一山被周恩来的话温暖了，他激动地把从 1958 年修坝设想的提出，到三峡大坝与葛洲坝的关系，以及对葛洲坝的准备情况，以及自己的意见和看法，都非常细致地向周恩来作了说明。

当时，会议讨论的结果，还是按多数与会者的意见拟出一份报告，就要上报毛泽东了，但周恩来认为林一山的意见不无道理，于是，他让林一山连夜把意见写书面材料附在报告后面，一并报毛泽东。

周恩来在给毛泽东的信中还特别说明："林一山意见

也一并送上，供参阅。"请毛泽东参考定夺。

1971 年初，交通部向中央报告说，兴建葛洲坝，通航问题严重！

同年 6 月 23 日，周恩来在听取汇报时，对林一山说："长江水运断不得！林一山你当时怎么没有提意见？你对长江水运重视嘛。长江运货能力顶多少条铁路是你的名言嘛！"

林一山低头不语。

林一山无法解释，也无需解释。自己是管长江的，长江出乱子意味着什么，他比谁都清楚。

周恩来心情沉重地说："如果航运断了，坝是要拆的。两利相权哪个重，两害相权哪个轻，要比较。修葛洲坝，既不灌溉，又不防洪，就是发电和航运。100 多亿度电哪里搞不出来？如果航运断了就是大罪。第一是航运，航运断了要出大乱子的。"

周恩来还强调："对少数人的意见，应采取什么态度？不要排除不同意见……搞水利总是急，考虑不完全，太急不行。太急容易出乱子……20 多年来，多次犯急躁情绪，屡犯屡改，屡改屡犯……长江如果不通航，那我们这一代犯的错误不得了。比不得三门峡那里不通航，这里不通航可不得了了。"

见众人沉默，周恩来就点将说："林一山，你说断航怎么办？"

林一山答："我认为不会。长江有这么多水可以冲沙，航道不会淤死。在船闸头上建个闸，解决泥沙最彻底。黄草坝头上再修个防淤堤。"

说着说着，林一山激动地站起身来："三峡航道好比一条直径 200 米的混凝土管一劈两半，口径朝上，20 米水头，好几米流速，怎么也淤不死。"

周恩来听了心里挺高兴，嘴里却说："那我还得保留。你们的方案作为草案，文件要留有余地。毛主席批准建这个坝，具体方案可没有批。"

事实上，周恩来担心的问题并没有在实际工程建设中得到真正的落实。10 万军民辛辛苦苦开始大坝混凝土浇筑后，作为指导正式施工的设计文件仍然没有，许多图纸甚至只有描图员的签名。

1972 年，这个代号为 "30 工程" 的施工进展可谓神速。然而问题严重，质量低劣。混凝土浇筑体内，到处是 "麻石" "蜂窝"，不少地方还发现了 "狗洞" ……这是水利建设工程之大忌，何况是在长江！

1972 年 10 月，国家派出以国家建委副主任谢北一为首，国家计委、水电部、交通部、一机部等负责同志参加的工作组，到工地检查了工程的设计和施工问题。

工作组向国务院如实汇报了从设计方案到施工质量的一系列问题，引起了国务院高度重视。

关键时刻，周恩来抱病主持了三次汇报会。

1972 年 11 月 8 日，周恩来第一次听汇报。

在听取汇报时，周恩来严肃地对大家说："长江出了乱子不是一个人的事，是整个国家整个党的问题……"

周恩来接着问："林一山，你有什么意见？"

林一山说："我没有意见，一定努力把工程搞好。"

周恩来说："不见得吧！都一致了？总有点吧！你是顾全大局。"

周恩来了解林一山当时的处境，他转向大家说道："水利和水打交道，一点马虎不得，马虎一点马上出问题，是关系人民生命财产的问题，怎么能得过且过？"

周恩来郑重地指出："当时应当准备一年，就是你们急得不得了。现在就是毛主席说的修改的时候了，不能再等了！"

第二天，周恩来继续听汇报，然而仍然众说纷纭。

周恩来缓缓地说："既然大家不一致，我说……得停下来。林一山你去挂帅敢不敢，这是长江上的工程。"

会场一阵沉默。

周恩来说："现在请林一山同志主持讨论。钱正英、张体学、王英先、马耀骥、沈鸿、谢北一、袁宝华，给你们3天时间讨论，不够就5天。我担心的第一是通航，第二是泄洪，现在不能头痛医头，脚痛医脚了。"

在会上，水电部部长钱正英提出了成立工程局的想法。

周恩来当即认可，他说："解放后我最关心的两件事：一是上天，一是水利……建国20多年了，在长江上修个坝，不成功，垮了，是要载入党史的问题……葛洲坝可是没有一个外国人参加的啊！"

李先念提议："廉荣禄也参加讨论。"

于是，这9个人取代了原来以军代表为主的领导班子，改名为"长江葛洲坝水利枢纽工程技术委员会"，林一山出任主任委员，负责设计。

班子确定后，周恩来语重心长地说："林一山，你把那个高坝说得那么容易，我总是如临深渊，如履薄冰，可不要太自信……过去在长江上建坝没有实践，所以先修葛洲坝。作为三峡试验坝，林一山你主张先修大的，我说服你先修葛洲坝。搞好葛洲坝，林一山同志，就是大成功！"

林一山说："这是总理对我的勉励。"

周恩来叮嘱："船过不了，找你林一山负责。要听取对立面的意见，没有对立面危险得很。"

林一山说："我们不盲目追求世界第一，但有些问题，如泥沙淤积，泄洪、截流等问题，本身逼你是世界第一。"

周恩来点头说："这是客观存在的。"

周恩来又指示："林一山你要把主要精力集中在葛洲坝，不要到上游跑了。"

周恩来逝世后，林一山在一篇回忆文章中写道：

周总理不仅工作作风深入细致，而且特别讲民主，他再三强调要听取不同意见、反面意见，甚至动机不纯的意见。在他看来，在我们的体制下，必须发扬民主，以便从不同的意见中吸取好的东西，真正做到集思广益，众志成城。他在鼓励大家要敢于提意见时说："敢提就是好，党员就是要坚持真理。"

周恩来带病研究工程

　　1972 年春天，周恩来已经被确认患上癌症，但他仍然日日夜夜为葛洲坝的建设问题操劳着。

　　周恩来经过反复调查研究，终于考虑好了挽救葛洲坝工程的方案。他决定亲自主持最后一次葛洲坝工程会议，在会上宣布了一系列重大决策。

　　会议开始的时候，周恩来说："现在应该是贯彻毛主席的批示，到了修改设计的时候了。"

　　这次会议历时很长，周恩来对工作也布置得非常具体细致，他除了宣布成立葛洲坝工程技术委员会并指定由林一山负责主持工作外，还亲自指定由林一山主持第一次技术委员会会议，并且过问下一步工作计划的安排情况。

　　为了减少葛洲坝工程在建设过程中的矛盾，周恩来明确指示：

　　　　工程设计由长江流域规划办公室负责，并由林一山把施工领导任务承担起来。

　　周恩来在提出组成葛洲坝工程技术委员会名单以后，还召开会议让大家自由讨论，广泛征求大家的意见。

会议期间，周恩来嘱咐林一山，要集中精力做好葛洲坝工程。

这次会议后不到两个月，林一山的眼睛被诊断为眼癌，他从武汉来到北京，住进了同仁医院。

在会诊过程中，眼科医生之间发生了争论，许多医生不同意这个诊断，认为不是眼癌。

周恩来很快就知道了这件事，便派国务院办公厅党组副书记刘冰清和另外一个人到医院看望林一山。

刘冰清说："总理没有时间，派我们来看看你，在住院治疗过程中，每个阶段的情况问题都了解很详细。"

原来，周恩来于林一山在上海治疗时，就通过卫生部通知上海市卫生部门，对治疗的一切事宜都作了细致安排，甚至对由北京派往上海参加讨论的医生还指示要同仁医院派人参加。

在医生们争论最激烈的时候，林一山曾经召集医生表示过他自己的意见，周恩来也很快就知道了。

当时，手术报告书最后一句话是："……这个手术是安全的。"

周恩来在下面亲笔批示：

这就好了。

周恩来

当时都说周恩来患病，但外面却不知道患的什么病，直到周恩来病危的时候大家才知道得的是膀胱癌。

周恩来这次带病主持葛洲坝工程会议，对有关工作作了最后的细致安排，他决心克服困难，先建葛洲坝工程，周恩来说："这是为三峡工程做实战准备。"

周恩来认为在确定水利工程方案时，尤其是关系到全国经济建设的重大项目，如果没有强有力的领导核心，就会众说纷纭，莫衷一是。

成立一个具有责任制特点的葛洲坝工程技术委员会，就是基于周恩来这样的考虑。

早在1959年的夏天，在长江流域规划办公室工作的苏联专家组长在江西庐山时，周恩来询问三峡工程情况的时候，苏联专家组就明确地说，当时的科研设计深度，已经达到了可以准备施工的水平。

周恩来以平时对三峡工程的了解再结合这一回答，就对三峡工程的筹备工作心中有数了。

李先念关注工程情况

以毛泽东为首的中共中央常委，早在 20 世纪 50 年代就提出了建设三峡工程的设想，以期从根本上解决长江中下游的洪灾，变水患为水利。李先念不仅完全赞同，还于 1958 年春陪同周恩来实地考察了三峡工程坝址和三峡库区。

考察结果，形成了经中央政治局批准的中共中央《关于三峡水利枢纽和长江流域规划的意见》。

1970 年 10 月 30 日，武汉军区和湖北省委向毛泽东、中共中央和国务院递交了《关于长江葛洲坝水利枢纽工程的请示报告》，而后又和水电部一起起草了《关于长江葛洲坝工程几个技术问题的落实情况》报告，并要求派人来京作详细汇报。

12 月 13 日，李先念在报告上批示：

> 总理何时接见，请定。湖北已来三十人，
> 张体学、朱业奎等。

12 月 16 日，周恩来主持会议，和业务组有关成员、有关部委负责人一起听取葛洲坝工程设计汇报，主持起草了《中共中央关于兴建宜昌长江葛洲坝水利枢纽工程

决策规划

的批复》，呈毛泽东审批。

1970年12月26日，毛泽东在他生日这一天指示同意修建葛洲坝。1971年元旦，10万人举行了葛洲坝第一期工程开工典礼，葛洲坝工地沸腾了。

然而，这样举世瞩目的工程，准备工作还不够，施工盲目性很大，没有经过反复论证的正式完整的设计方案，是在边勘测边设计的情况下开工的，所以设计方案成了当时的关键问题。而水利专家对设计方案分歧很大，不同意见争论激烈，相持不下。

4月28日，国务院业务组听取葛洲坝枢纽布置方案汇报后，李先念、李德生、华国锋发表意见。

李先念根据20多年的治水经验，特别指出航运的重要性。他说："发电、航运必须兼顾。发电比较固定了，航运要发展。不能按目前长航运量和地方130万吨作为考虑运量的根据。"

李先念不同意"在保证发电的前提下，争取把航运搞好一些"的说法，并严肃指出："长江可不能搞断了……大家考虑一下，客观一点，只能说服不能压服。我参与丹江口工程，我讲，要修丹江水库，必须修船闸，不通航就不要修。"

李先念接着指出："宁肯少发10万千瓦电，也要保证通航。航运解决不了，不能补救，不能搞飞船。"

李先念积极提倡在设计方案上要各抒己见，畅所欲言，讲究科学。

李先念指出：

> 希望大家不要有成见，科学嘛，不是成见
> 来解决问题，实事求是，认识不一，辩论一下
> 有好处。

会后，参加葛洲坝设计方案讨论的各有关部门负责人和水电专家集中 20 多天时间，对设计方案提出意见；同时又派人到工地发动群众，结合模型试验，反复讨论。最后，基本上统一了认识，形成了《关于葛洲坝枢纽布置修改方案的报告》。

6 月 20 日，李先念对该报告作了三点批示：

> 一、同意德生同志对救船、救木、救鱼的
> 意见。
> 二、根据总理指示，报告暂不批，但工地
> 可依此方案进行工作。
> 三、把报告印发毛泽东、军委办事组和业
> 务组同志。

6 月 23 日，周恩来主持会议，国务院业务组成员及有关部委负责人一起讨论修改方案报告，并发表了重要讲话。

在此期间，李先念对解决葛洲坝施工所需设备、工

程施工、设备研制等问题都作了批示，让有关部门负责妥善办理。

此次汇报会后，根据国务院的指示，武汉军区、湖北省革委会和国务院六部委召开了有 340 多人参加的初步设计现场审查会议，并将审查情况向国务院写了报告。

李先念十分关注这次会议，每期简报都仔细阅读。看了会议报告后，立即让工作人员送给国家计委、国务院办公室和国家科委，让他们研究会议提出的问题。

1972 年，国务院对葛洲坝枢纽工程再次重新审查。

4 月 19 日，李先念主持会议，和国务院业务组成员及六部委的负责人一起听取张体学汇报葛洲坝情况。他特别强调必须确保工程质量。

而后，国务院又派出由建委、交通部、一机部、农林部、水电部等有关负责人组成的联合调查组和湖北省一起研究葛洲坝存在的问题和解决措施。

11 月，周恩来三次主持会议，和李先念等国务院业务组成员一起研究葛洲坝工程问题。

根据实际情况，李先念断然决定停工整顿，组织科学技术委员会，重新修改设计。

李先念指出：

> 葛洲坝问题，总理已于 21 日开会决定工程暂时停止，待设计基本定下来后再开始。这样大的且无经验的工程边勘测边设计边施工是不

行的。

而后，国务院向毛泽东、中共中央写了《关于当前葛洲坝工程建设中存在的问题和采取措施的报告》。

"报告"指出：

> 十一月初，我们请张体学、林一山和工地的部分同志再次来京，在总理主持下，听了汇报，进行了研究。大家一致认为，葛洲坝工程的最大错误，是性子急了，没有搞好科研、设计，就仓促上马，盲目施工。同时工程质量粗糙，有的必须炸掉重建，造成了很大浪费。这种情况不能再继续下去了，应当把工程暂停下来，集中力量，抓紧进行科研和设计工作，认真总结经验，整顿施工队伍，做好下一步施工准备。

为了加强对技术工作的领导，国务院决定组成葛洲坝工程技术委员会，由林一山全权负责工程的科研、设计工作。

同时，将《关于修改葛洲坝工程设计问题的报告》也一并送毛泽东、中共中央。

经毛泽东、中共中央同意，葛洲坝工程暂时停工。

这一重要决定，对以后葛洲坝工程建设起了关键性作用。直到 1974 年 10 月，修改设计方案审定后，经周恩来批准，才开始复工。

1976 年底编制 1977 年计划时，又因财政困难，无法满足葛洲坝工程的资金和钢材需要。

李先念得知这一情况后，提出葛洲坝应列为全国重点工程，要保证工程所需的"三材"，即钢材、木材、水泥。李先念说："要让葛洲坝工程吃饱喝足！"

水电部经同国家计委、建委召开 19 个部委领导同志专题研究后，报请国务院批准，落实了葛洲坝所需用的建设资金及钢材、木材、水泥等。

1978 年 1 月，李先念在副总理谷牧、湖北省委书记陈丕显等人的陪同下，冒着寒风视察葛洲坝工地，强调要防止追求进度而忽视质量。他说："每走一步都要兢兢业业，科学是不能开玩笑的。"

李先念考察后，批示：

　　时好时坏，热一阵冷一阵，这方面的问题解决了，那方面问题又冒出来了。

钱正英再度赶赴工地，检查贯彻落实李先念的指示。然而，质量工作改进不大。

这些情况，引起了李先念的高度重视，认为不下猛药，不能治顽症；不出猛掌，头脑不会清醒。

于是，李先念在 7 月 8 日至 29 日的 20 多天中，连续给钱正英作了三次重要批示，这等于下了三道黄牌警告，都是围绕着葛洲坝工程的质量问题，这三次批示严厉认真，紧追不舍。

李先念对一位化名为曾光同志的来信批示说：

> 一定要强调质量第一，因为这是关系到千万代的事，千万不能马虎。如果质量发生问题就是犯罪。

紧接着，李先念又在一份新华社国内动态清样上作了长篇批示。尤其是针对工地领导同志因为工程快而骄傲自满，听不得设计人员和施工技术人员批评工程质量的问题，李先念指出：

> 事情往往不以某些人的意志为转移，总有一天人家要讲话就是了，不讲则已，一讲可能有的人就下不了台，可能要受到严厉的批评甚至可能有发展到绳之以党纪国法，话可能说重了，到时勿谓言之不预也。

同日，陈云副委员长也对这份动态清样作了重要批示，并致信李先念：

> 关于葛洲坝工程质量问题需要注意啊！这

样的事不能有一点含糊才行。怕你忙而漏阅，特专转上。

李先念随即批转于钱正英，要求立即检查，并写出报告。

根据陈云和李先念的批示，水电部即派出以副部长陈义庚为首的检查组，去葛洲坝工地进行检查整顿，发动群众开展质量月活动，取得了明显成效。

李先念得知后十分高兴，于 10 月 20 日致信葛洲坝工程党委并全体职工：

> 葛洲坝这样大的工程，在我国水电建设史上还是第一个，必须坚持高标准，严要求，质量第一。这是党和人民赋予我们的历史重任，实在令人高兴。工程质量，务必做到一丝不苟，持之以恒，千万不能反反复复，好一阵坏一阵。因为这是百年大计，千年大计，马虎不得，如稍有疏忽，后患无穷。

李先念要求：

> 一定要像大庆那样，做到"三老四严"，使工程质量精益求精，使建设队伍更加硬。建设这样一支队伍，必须要求政治思想工作强，科

学技术高，管理工作严。水电工程部门一定要
为建设这样一支队伍而努力奋斗。

　　葛洲坝工程局党委和全体员工认真贯彻李先念的批示，狠抓质量，持之以恒，为日后大江工程获国家优质奖奠定了基础。

　　葛洲坝工程建设一直受到李先念的大力支持和积极关注。他不仅多次指示、批示，要求确保工程建设质量，而且在 1978 年初又亲自去工地视察，听取汇报，具体指导，对工程的调整、优质建成寄予厚望。

　　后来主持国务院日常工作的领导同志，得知葛洲坝一号机组和船闸试验运行中出现某些问题，便在一次会议上严加批评和指责。

　　"一号机要被'枪毙'，船闸已淤死"的传言满天飞，葛洲坝工程建设能否继续下去都成了问题。

　　国务院派人下去，经过一段时间的调查研究，才发现问题不大，不难解决。

　　1981 年 10 月，李先念再次去葛洲坝工地，认真考察了关键部位工程运行情况，特别是一号机组和泄洪闸的情况。

　　李先念登上交通一号轮进入二号船闸水域。当展现在眼前的宏伟的二、三江建筑群体耸立在碧波荡漾的江面时，李先念感慨万千。

　　当随行的同志向李先念介绍 17 万千瓦和 20.5 万千瓦

机组没有出多大毛病时，他幽默地笑了笑："没有犯罪，只是害了点病。"

当李先念得知 27 孔泄洪水闸经受住 7.2 万立方米洪峰流量考验时，他对工程局领导说："我那时骂你们也是骂得很厉害啊！"

面对滔滔江水和宏伟工程，李先念满怀深情地说，"看了舍不得走啊！……这个工程算是社会主义工程吧！"

二、 勘测设计

- 林一山想：像葛洲坝这种大流量的低坝工程，冲淤关系处理得好与坏，常常决定着工程的成与败。

- 林一山认为，这种截流闸即使花费巨大投资也无把握成功。假使能成，对长江航运影响很大。

- 邓小平表示赞成，并指出："葛洲坝建设过程中所取得的经验一定要很好地应用到三峡工程上。"

林一山勘察葛洲坝地势

1953 年 2 月，毛泽东乘"长江"号军舰视察长江，中央中南局指派林一山陪同。

在由武汉至南京的三天航行期间，林一山向毛泽东详细报告了长江的基本情况、洪灾成因以及除害兴利的种种设想。

毛泽东听后十分高兴，并要林一山抓紧"南水北调"的研究，还说，在三峡这个总口子上卡起来，毕其功于一役，就先修那个三峡工程。

在与林一山的交流过程中，毛泽东为他对长江的了如指掌所惊叹，称他为"长江王"，这个称号也自此流传开来。

林一山知道，修建三峡水库和南水北调工程，是毛泽东建设新中国的战略构想之一。

新中国成立之初，毛泽东与周恩来商讨国家建设大计时曾说："我们国家大，要考虑搞一些大型建设项目，像大三峡、南水北调、铁路通拉萨等。"

在"长江"舰上，毛泽东将他当时设想的三个大型项目中的两个交给了林一山。

为了把三峡工程这个在国民经济建设中起关键作用的项目搞好，林一山在党中央"积极准备、充分可靠"

和"有利无弊"方针指引下，把长江流域规划办公室这个隶属国务院建制的、专门负责长江流域规划和三峡工程设计的机构，建设成为一个专业门类齐全的水利机构。

同时，培养了一支业务和政治都过得硬的科研设计队伍。还广泛搜集水文、勘测、地质和经济等资料，为攀登三峡工程设计高峰做好组织、人才和资料准备。

林一山很明确，要把三峡工程列为长江流域规划的主体；以三峡带动一切，一切为了三峡工程。

林一山甚至想到，如何把荆江分洪工程作为开端，一方面解除荆江河段防洪的燃眉之急，一方面为研究三峡工程设计赢得时间。

林一山还想到，如何向中央提出建议，修建湖北蒲圻陆水试验工程，为缩短三峡工程工期摸索经验；如何结合搞好汉江丹江口水利枢纽设计，把长江流域规划办公室的科研设计人员锻炼成既有高深理论知识，又具设计高坝大库实际经验的人才；如何最后会师三峡，一举拿下三峡工程的设计。

林一山又积极开展国际合作，聘请苏联专家帮助设计，先于三峡工程修建葛洲坝工程，为三峡工程做好实战准备。

1954 年 12 月，毛泽东乘专列北上，路经武汉时要林一山到车上汇报三峡工程的可行性。

当时，林一山曾向听取汇报的几位中央领导说："如果中央要求在较早的时间内建成，依靠我们自己的力量，在苏联专家的帮助下是可以完成的。如果不用苏联专家的帮助，我们自己也可以建成三峡工程，但需在丹江口工程建成以后。设计工作的时间就要推迟。"

林一山说过这话不久，1955 年的上半年，苏联专家就到达长江流域规划办公室帮助工作。

林□山明白，中央的意图是要加速三峡工程的建设，便密切与苏联专家合作，用了不到 4 年时间，即完成了三峡工程初步设计。

周恩来在问及这一项设计达到什么水准时，苏联专家组长如实向周恩来报告：

可以立即组织施工。

这个时候，国际国内形势发生重大变化。国际上中苏关系由摩擦发展到对抗，苏方撕毁合同，撤走专家。国内由于连续三年自然灾害，已经出现经济困难。

对三峡工程，周恩来的决策是"雄心不变，加强科研"。

林一山根据中央的精神，率领长江流域规划办公室广大科研设计人员将工作重心转入对"围堰发电、分期开发"、"移民工程方针"和"水库寿命问题"等重大课题的研究，并取得了可喜成果。

水库寿命问题，是世界范围尚未解决的一个难题。林一山经过研究后发现，水库淤死的原因主要是库区流速过小，基本处于静水状态。如果创造条件使库区在必要时既可达到排沙的流速，又可充分发挥水库兴利的作用，就可达到水库长期使用的目的。

于是，林一山便带领一批高级水利专家到国内一些多泥沙河流作实地调查研究，同时也研究国外多泥沙河流的水库淤积变化规律，终于找到了解决水库寿命问题的办法。并从理论到实践上证明，水库可以长期使用。

在葛洲坝工程处于极端困难的时候，林一山就肩负起两副重担：

一方面，作为葛洲坝工程最高技术决策机构的负责人，要保证该工程所有重大技术问题决策的正确性。

另一方面，作为葛洲坝工程设计单位长江流域规划办公室的负责人，要保证修改设计的科学性与可靠性。

然而，就在这样一个关键时刻，谁也不曾想到，林一山已身患癌症了。他的眼睛视物出现了严重变形，医生确诊为右眼患有黑色素瘤，必须立即手术治疗，否则将有危及生命的可能。

面对突如其来的打击，林一山没有发生丝毫动摇，而是抓紧研究解决葛洲坝工程的问题。

在短短两个月之内，林一山先后召开了两次技术委员会，把技术委员会的工作理出了一个头绪。

林一山对设计单位的工作进行了周密的安排和部署，使修改设计工作按计划有条不紊地进行。

在周恩来的亲切关怀下，安排林一山住进了上海华东医院，并遵照周恩来的指示从北京、武汉、南京调集著名眼科专家，会同上海的眼科专家一起，为林一山进行挖除术。手术进行得非常顺利和成功，很快林一山就能下床活动了。

住院期间，林一山放心不下葛洲坝工程。他筹划着如何开好第三次技术委员会，甚至偷偷从医院跑出来同工作人员一起，通宵达旦地准备会议材料。

林一山还把负责修改设计的总工程师找到上海，交代他们如何从做好河势规划着手，研究和解决葛洲坝工程的重大技术问题。

提出并妥善解决河势规划，是林一山对葛洲坝工程的一大贡献，因为此前从来没有人注意到这一极端重要的问题。

林一山凭着他多年从事水利工作的经验，认识到在江河上做工程离不开同河流的水流与泥沙发生关系，由于受人为工程的影响，必然使河流原有的冲淤关系发生变化。

林一山尤其想到，特别像葛洲坝这种大流量的低坝工程，冲淤关系处理得好与坏，常常决定着工程的成与败。必须运用河流辩证法的理论，研究工程所涉及河段的河床演变规律，合理地解决水流与泥沙的关系，以及水流泥沙与河床，特别是同各个水工建筑物这种特殊"河床"的相互关系。

长江流域规划办公室的科研设计人员在进行河势规

划的过程中发现，葛洲坝工程在初期阶段所存在的所有重大技术问题都同河势规划有关，正确地解决河势规划问题，其他重大技术问题就可迎刃而解。

在党中央和国务院的正确领导下，葛洲坝工程技术委员会以决策的科学性与民主性来保证决策的正确性，及时完成了修改设计的任务，并在广大施工人员和设备制造厂家的共同努力下胜利建成了葛洲坝工程。

从 1953 年到 1958 年，在 5 年的时间里，毛泽东曾 6 次召见林一山。

许许多多担心中国人有无能力建设世界上伟大水利工程的疑虑，最终都被打消了。

周恩来指示成立指挥机构

1970 年 12 月 30 日，在毛泽东批示兴建葛洲坝水利枢纽工程的第四天，葛洲坝工程在先上马的修改设计尚未做出的情况下，采取"边施工、边勘探、边设计"的方针，大规模开工了。

当时，武汉军区司令员曾思玉任第一指挥长兼政委，张体学为指挥长，武汉军区副司令员张震任政委，水电部林汉雄任参谋长，此外还有 20 多个副指挥长。

葛洲坝工程开工以后，是按照原来的设计方案进行施工的。但是原来的设计是把葛洲坝工程作为三峡工程一个组成部分，先修建三峡工程，后修建葛洲坝工程，以此思路来进行设计的。

先修建葛洲坝工程，遇到的问题大不一样了，应该说是技术难度增加了不少，主要是以下几点：

一是没有三峡大坝调节洪水，葛洲坝工程设计泄洪流量会大大增加；

二是发电装机容量比原设计加大；

三是施工导流、截流复杂性增加，施工围堰的工作量增加；

四是航道情况不一样，船闸因为要满足一

些小船的通航，适应能力要增强。

此外，葛洲坝地质条件较差，勘测、试验研究的工作深度远远不够，情况尚不完全清楚，地基处理难度相当大。

同时，大家还担心，先修建葛洲坝工程，可能会增加三峡大坝坝址河床淤泥，将来三峡大坝施工的时候会增加难度。

因为情况变了，却还套用原来的设计，导致出现一系列问题，再加上工程质量不好，于是就有人向中央反映葛洲坝工程建设的问题，主要是两点：

一是修建了葛洲坝工程以后，船不能过了，长江航运将要中断。这主要是交通部门的意见，也是当时争论的焦点。

二是葛洲坝工程土法上马，出动了 10 万民工，混凝土浇筑质量很差，存在严重的质量安全问题。

在当时的情况下，由于设计方案已经国务院上报毛泽东，并经毛泽东批准，要重新研究设计方案是很困难的，阻力很大。

周恩来了解这个情况后，于 1972 年 11 月 8 日、9 日，两次抱病召集会议，听取汇报，研究葛洲坝工程问题。

护士一次又一次地给周恩来送药，与会人员一遍又一遍地恳求他休息，但他坚持开会。

张体学主动检讨，他说："我们回去鼓干劲，一定把工程做好，做不好，把我的脑袋砍了。"

周恩来说："这样就能解决问题了吗？要杀头我们一起杀头，先杀我周恩来的头。要把方向找对，然后才能鼓干劲。"

最后，周恩来提名成立葛洲坝工程技术委员会。

不久，葛洲坝工程技术委员会就写出了《关于修改葛洲坝工程设计问题的报告》，决定停工两年，重新设计。

11 月 21 日，周恩来又一次听取了葛洲坝工程技术委员会的汇报，果断地作出决定：

葛洲坝工程立即停工，重新设计，在批准设计后才能复工。

周恩来指定葛洲坝工程技术委员会负责制订设计方案和解决建设中的各项技术问题，具体修改设计工作由长江流域规划办公室负责。

因为周恩来把具体修改施工设计的任务交给了长江流域规划办公室，接到指示后，林一山打电话转达会议情况，让大家赶快准备，弄出一个工作大纲来。

林一山修订工程设计

1972 年 11 月，周恩来根据毛泽东关于葛洲坝工程的批示精神和葛洲坝工程的实际情况，果断地作出了重新修改设计的决策。

林一山心里清楚，所谓修改设计，实是重新设计。

葛洲坝工程是长江流域规划主体工程——三峡水利枢纽的组成部分，也是三峡枢纽这个统一体的对立面。

这是因为，三峡水利枢纽要承担防洪、发电、航运、水产和水利等多项任务。

其中发电与航运的矛盾最大。一天之内，当全国电网需三峡枢纽担负尖峰负荷时，电站的绝大部分机组均要启动，这时下泄流量每秒达两万多立方米，等于突发一次洪水；而当全国电网不需要三峡电站多发电时，机组则要关闭不少，下泄流量就很小了，这样的情况对航运非常不利。

如果下游有了葛洲坝工程，那就可以调节三峡水库下泄流量，对航运有利而非有害了。

倘若先修三峡，那么，三峡水库拦蓄了全部泥沙，也调蓄了洪水；而先修葛洲坝，问题就复杂化了。它变成了一个首先承担长江洪水和泥沙的独立工程。

而且，葛洲坝工程既无规划，又无设计，便投入 10

万大军匆忙动工了。

当时计划投资 13.5 亿元，开工后三年半发电，总工期为 5 年。而事实上，开工两年后因质量问题和枢纽布置无法确定而被迫停工，花掉投资已达 2.7 亿元，数万工人坐等设计，等着林一山来收拾的是个"烂摊子"。

任务的艰巨使林一山感到困惑。尽快拿出设计，这是周恩来代表党中央提出的要求，可应从何处着手呢？他心里清楚，葛洲坝工程的主要矛盾，不是看得见的建筑物而是河流与建筑物之间复杂的内在联系。

林一山无数次徘徊于西陵峡口和试验室，苦苦寻思……

葛洲坝河段，是从峡谷河段进入宽谷河段的过渡段，是个恼人的河段。

它既有岩石河段的特征，又有冲积平原河段的特点。从南津关到葛洲坝约三公里距离，河宽由 300 米突然展开为 2100 米，成为一只喇叭；长江在这里又向右拐了一个 90 度的急弯，两岸是犬牙交错的山嘴，主槽又位于凸岸一侧。

其垂直断面，在 500 米距离内，河底由海平面以下 40 米，上升到海拔 30 米，爬升了 70 米。

这样一来，水流状态，河势变化便极其复杂。在流态上又是泡水、漩涡，又是剪刀水，船舶驾驶人员把这种流态视为畏途。

在这种复杂的水流条件下，长江每年要下泄 5 亿多吨泥沙，如果处理不当将给建筑物带来严重后果。

葛洲坝工程初步设计的主要任务，就是确定坝体和枢纽布置，而要解决枢纽布置问题，林一山感到头痛，长江流域规划办公室所有的设计人员都感到头痛。

提出一种方案，讨论，否定了；

再提一种方案，再讨论，再次否定了；

又提出一种方案，又讨论，又否定了……

规划设计葛洲坝工程之初，人们最担心的就是泥沙淤积问题。

本来，这个问题长江流域规划办公室最有发言权。因为长江流域规划办公室 60 年代已作过专题研究，以后又将这一成果运用于黄河三门峡改建工程，实际效果很好。

林一山认为，葛洲坝工程建成后，回水区范围内的这段长江，仍然基本保持着天然河流的特性，只是泥沙颗粒和河床坡降需要进行调整。

但是，许多人不相信林一山的话，怀疑长江流域规划办公室的这项研究成果。

在没办法统一认识的情况下，林一山同意"怀疑派"另做模型反复验证。

结果证明，林一山说得没错！

接着争论的是建筑物怎样解决泥沙淤积问题。

有人提出"长流水"的冲淤方案，即在船闸的旁边安装两台机组，利用发电流量将引航道淤沙带走。

不同意此方案的人立即反驳，说这种方案是"引狼入室"。因为引航道要求水流的流速越小越好，最好不流动，而"长流水"方案的流速达到0.6秒立方米，不符合航道要求。

另一方面，"长流水"的流速不足以排沙，倒很可能反把泥沙带进航道淤死。

这样一争，问题明朗化了，现在要着手解决一对矛盾：流速大了不能通航，流速小了不能冲沙。

于是，林一山带领设计人员反复研究讨论，在试验室进行各种方案比较，最后终于找到了一个最佳方案，这就是"静水通航，动水冲沙。"

所谓"静水通航"，就是船队经引航道过船闸时，冲沙闸全部关闭，航道完全处于静水状态。

所谓"动水冲沙"，就是在通航间隙，或临时性停航，全开冲沙闸，达到清理航道和排除粗沙卵石的目的。

解决了建筑物排淤问题，林一山松了一口气。现在，可以静下心来认真研究一种符合河流原理的枢纽工程整体规划了。

有人提出一个"鱼嘴"方案，亦即"双主泓"方案：在南津关下口，修两个引航道，在两个引航道之间的主泓道上修建一个鱼嘴，将主泓一分为二，沿鱼嘴以下淤成一个大沙洲。

又有人提出一个方案，保持大江主泓，主张除二江外还在大江修建泄水闸。

林一山认真审查了这两种方案，建议进行模型试验。结果，两种方案都不能成立，被否定了。鱼嘴方案不仅迎流顶冲难于施工，更使双主泓处于不稳定状态；后一种方案使建筑物上的淤积很不规律，且要大量减少装机容量。

林一山病中失掉了一只眼睛，在单眼视力仅有0.2左右的情况下，凭着放大镜在图纸堆和模型前艰难地研究着，摸索着……

在林一山的带领下，长江流域规划办公室设计部门的同志和有关专家经无数次反复论证和试验，终于从河流学辩证法里找到了答案："一体两翼。"

林一山高兴地把这种布局叫作"葛洲坝工程坝区河势规划"。

这个规划大意如下：

在葛洲坝拦河建筑物上游2100米宽的河面，两侧利用防淤堤与河岸形成各300米宽的引航道，中间为800米宽的主泓河床。

从南津关到泄水闸的长江主泓即"一体两翼"中的"一体"，它两侧从引航道口门开始通向下游的航道为"两翼"。

同时，在这个主泓之下端接近泄水闸的部位，其两侧又各有一个侧向进水的电站引水渠道，它也叫第二个"两翼"。

这个"一体两翼"的布置，把所有过水建筑物连成为一个整体，包括建筑物以下的河道在内，堪称运用河流辩证法成功的杰作。

众所周知，葛洲坝工程因拦河建筑物穿江心小岛葛洲坝而得名。把枢纽坝线选在葛洲坝，人们普遍认为岛的存在利于施工，是天然的纵向围堰。

然而，林一山等人经过一番苦心钻研，郑重提出了挖掉葛洲坝的设想。他说："不挖掉葛洲坝，就势必违反河流规律，导致工程的失败，因为葛洲坝顶冲主流。"

这个意见遭到了许多人的反对。

反对派的意见，用个简单的比喻就是好比架桥，需要在江里浇筑桥墩，现在的葛洲坝就是一个极好的天然桥墩，为什么要挖？

在很长一段时间里，林一山无法使意见统一。理论不能说服大家，只好做模型试验。

试验证明，长江主泓在进入泄水闸以前，与葛洲坝顶冲，被迫向左弯曲进入泄水闸，出闸后又直冲西坝再向右转汇入原大江河道，该河道的河湾半径不符合长江这样巨大河流的需要。

不管人们对屹立大江的葛洲坝如何恋恋不舍，看来还是非挖掉不行！

随着讨论的深入和认识的深化，林一山引导设计人员在河流辩证法的研究上，对葛洲坝枢纽规划又进行了大胆的修改。在挖掉葛洲坝的问题上，认识逐渐一致了。

研究泄洪的人发现，原来布置在二江的 19 孔泄水闸宽度不够，需要在大江第二期工程内再布置几孔泄水闸。为解决施工导流泄洪安全必须挖掉葛洲坝。

研究"大江截流"的人提出，单靠原布置的二江泄水闸泄水，截流水头将高达四五米，不能保证截流成功。于是建议提前下大江方案，即提前在大江左侧急流中兴建几孔截流闸。

林一山认为，这种截流闸即使花费巨大投资也无把握成功。假使能成，对长江航运影响很大。而挖掉葛洲坝，扩宽二江泄水闸，截流问题就迎刃而解了。

研究水轮发电机组的人发现，17万千瓦机组材质不过关，在最大水头时，不能保证安全运用，决定改用12.5万千瓦机组。这样一来，机组台数和电站长度要增加，而原有河床宽度不够，只有挖掉葛洲坝才能布置得下。

至此，认识完全一致：忍痛割爱，挖掉葛洲坝！

勘测设计

委员会讨论设计方案

1972 年 11 月 10 日，葛洲坝工程技术委员会召开第一次会议。这次会议是紧接周恩来作出改组工程领导的重大决策之后召开的。

当时，大家面临十分复杂而困难的问题，许多事情还来不及也没有条件作出充分准备。

大家设想，应当把这次会议开成一个"承上启下，继往开来"的会议。

承上，就是要满怀信心地将中央的重托愉快地承接下来；启下，就是要为下一步的工作启动指出方向，寻求达到目标的正确途径；继往，就是要认真总结过去的经验教训，在已有的基础上弘扬正确的做法，纠正错误的东西；开来，就是要在原来的基础上开创出一个崭新的局面。

周恩来和李先念等中央领导自始至终参加了这次会议，他们在会议上的讲话，为这次会议指明了方向。

会议期间，大家在讲话中讲到了毛泽东关于阶级斗争、生产斗争和科学实验的学说。

林一山说："在某种情况下，科学实验更具复杂性。因为它的工作对象是自然界，是不会说话的，如果我们不按规律行事而盲目乱干，这种主观主义就必然失败。

当然自然界也有表示不满的时候，但那时我们所铸成的错误就难以挽救了。"

这时李先念插话说："葛洲坝工程的混凝土不是就说话了吗，什么蜂窝、狗洞、牛洞之类。"

会议期间，周恩来要大家两年拿出修改设计来，大家感到确实有困难，但周恩来坚持，他们也就同意了。

周恩来这么急切地要两年拿出修改设计，这不符合他的一贯作风。

大家后来知道，可能是医生已经告诉周恩来，他的工作时间可能不会太长了。他想在尚能主持工作的时间内看到葛洲坝工程的设计修改完成。

周恩来还提出，要求大家会后拿出一个工作计划来，以利于技术委员会有条不紊地进行工作。

1973 年 1 月，葛洲坝工程技术委员会第二次会议在北京饭店召开。距第一次会议只有两个多月时间。

这次会议根据周恩来的要求，主要讨论和通过了修改初步设计进度计划，明确协作关系。

这次技术委员会所确定的修改设计指导思想，为后来两年之内完成修改设计任务，奠定了一个坚实的基础。

1973 年 3 月，技术委员会在国家建委会议室召开第三次会议。

这次会议重点讨论了坝线、枢纽布置等有关问题。

委员会同参加起草工作的武汉水院张瑞瑾等人相互切磋，从修改设计所涉及的各种关系考虑，寻找可能的

勘测设计

解决办法。

还要求第一期工程包括围堰工程要拿出切实可行的方案。

而截流后的第二期工程，其方案只要不与第一期工程发生矛盾即可，有些问题一时不能确定下来，可在截流之前根据模型试验和一期工程经验修改充实。

坝下游工程为第三个独立部分，它的设计方案在主体工程完成后再制订也不迟，只要一、二期工程制订的原则不致造成坝下游工程无法克服的困难就可以了。

大家完成第三次会议讨论稿的起草工作，已经是吃过早饭的时间了。

当林一山赶回医院的时候，有人发现他的脸通红，可能是通宵处于高度紧张状态的缘故，但林一山自己却没有什么感觉。

但在林一山平静下来之后，他感到浑身酸软无力。

1973年10月，工程技术委员会第四次会议在北京前门饭店召开，主要讨论了修改初步设计方案。

由于在第三次会议之后，长江流域规划办公室的科研设计人员指导思想明确，积极开展了模型试验和方案比较，仅仅用了约8个月时间就拿出了修改设计基本方案。

大家认为，这个方案虽然还不能为修改初步设计的正式文件，但它包括了修改设计的主要内容，有了这样一个基本方案，为争取在年底前正式提出修改设计文件奠定了基础。

长江流域规划办公室提出的修改设计基本方案，是在获得了大量研究成果的基础上，并在修改初步设计阶段必须解决的一些重大技术问题基本落实的条件下提出的。

技术委员会经过认真讨论，绝大多数委员认为，这个方案是可行的。

但交通部的人却有不同意见。他们说："这个报告就通航问题提出了许多很好的意见，但现在工作深度还不够，所提方案还不足以保证正常通航。"

大家又从积极方面来看待交通部的这个意见，认为这个意见对于推动葛洲坝工程重大技术问题的深入研究有好处。

因此委员会决定，一方面要求设计单位继续加强模型试验和方案比较研究工作，另一方面如实地将情况上报国务院。

1974 年 4 月，委员会在北京的和平宾馆召开第五次会议。

会议着重讨论了修改初步设计方案，并对葛洲坝工程下一步的进行作了认真的研究。

设计单位根据第四次技术委员会的要求，在取得了大量研究成果的基础上，提出了修改设计文件。

这个文件对修改设计所需解决的问题都有了一个肯定的意见。

只用一年多的时间就拿出修改设计方案来，是因为从设计方法上作了若干改进。把设计程序从通常的初步设计到技术设计再到施工说图，修改为不同要求的分阶段设计。

这个方案把葛洲坝工程分作三个阶段：

第一阶段为第一期工程；

第二阶段为截流以后的工作；

第三阶段为坝下游的工作。

会议还对三个阶段的设计工作深度有不同要求。

当时，交通部则认为：

修改初步设计阶段必须解决的重大技术问题已经基本落实，方案可以定下来的说法不妥，有关通航泥沙淤积、航行水流条件等重大问题现在并没有得到妥善解决，更谈不到落实。

委员会认为，交通部的这一意见，是超越设计阶段要求，不可能把所有重大技术问题都解决以后，才提出修改设计方案。

因为周恩来要求很急，只要有关重大技术问题基本研究成熟，就可以把修改设计确定下来，有些问题可以在技术设计阶段进一步加以解决。

为了不使初步修改设计工作拖延下去，大家要求交通部用书面形式写出正式意见，并将他们的意见同技术委员会多数委员的意见一并呈报了国务院。

9月，国务院委托国家建设委员会主持召开座谈会，听取各方对修改葛洲坝工程设计的不同意见。

经过广泛交流意见，并摆出大量科研设计成果，各方意见渐趋统一。

最后，会议认同了葛洲坝修改设计文件，并确定主体工程复工。

修改设计文件对于葛洲坝的处理意见是全部挖除，以便扩宽二江泄洪闸。

这样，与施工部门的争论也就相应结束。

1974年12月，技术员委员会第六次会议在北京西苑饭店召开，会议主要讨论了主体工程复工以后需要解决的重大问题，规定设计的审批原则。

由于国务院批准葛洲坝主体工程复工，设计工作立即进入了一个新的阶段。

设计工作方面要满足施工进度的要求，不能发生停工待图的问题。另一方面要对修改设计尚未定案部分继续进行研究。

因此，第六次技术委员会会议确定，在满足施工要求方面，除由长江流域规划办公室直接提出单项技术设计和单项施工详图外，还应派出设计人员深入现场，配合施工，解释图纸。

其余设计工作仍然由长江流域规划办公室在本部进行，加强前后方密切配合与协作。

这样，既安定了设计人员思想，又圆满完成了各项设计任务。

1975年7月，工程技术委员会在北京香山饭店召开第七次会议。

这次会议着重讨论与技术设计有关的问题。

历次技术委员会认为，修改初步设计阶段的任务是着重解决重大技术问题，具体问题可以留待技术设计和施工设计中解决。

修改设计完成以后，适时地转入了单项技术设计。

由于技术设计对于提高初步设计的完整性有密切关系，而且技术性要更大一些，技术委员会将开会形式作了一些调整。按专业原则分小组讨论和大组讨论。

有人提出，会议没开就把决议写成了，这违反了民主。

林一山在会上正式说明："我们这种做法目的是让大家了解这次会议所要讨论的问题，这些问题如何解决请大家发表不同意见，然后把大家的意见集中起来修改原来起草的讨论稿，这正是一种民主做法，是我们党和政府历来的工作方法，绝不是会议没开就把决议写成了。"

大家认为，葛洲坝工程转入单项技术设计以后，所涉及的问题很多，需要分清轻重缓急逐步加以解决。有的问题必须尽快作出决定，有的问题可以议而不决。

交通部门还担心三江航道口门会不会在黄柏河发生大洪水时出现淤积阻碍航行。

这个问题长江流域规划办公室在研究对策时，已经作过周密考虑，保证不会产生碍航问题。

关于大江截流问题，由于技术委员会已经作出挖除葛洲坝和展宽二江泄洪闸的决策，使截流水头降低到设计准许的高程以内，加上长江流域规划办公室提出的平堵与立堵相结合的截流方案，符合葛洲坝工程的实际情况，胜利截流是有把握的。

关于单项技术设计的审查问题，过去周恩来曾经指示长江流域规划办公室的设计由水利部组织审查。

对此，长江流域规划办公室本着如下原则办事：为了从团结出发，对审查单位的一般不同意见要遵从，但对重大原则问题必须坚持实事求是的科学态度。

由于单项技术设计所涉及的问题多是技术问题，一般不需要技术委员会作出专门决定。在技术委员会召开的大组小组会议上，对单项技术如果没有原则争论，即可由设计单位按施工需要及时提出施工详图，避免发生停工等图现象。

如果有个别重大技术问题，可由设计单位组织国内专家作专题讨论，提出可靠的解决办法。

1976 年 3 月，葛洲坝工程技术委员会在北京民族饭店召开第八次会议。

这次会议为争取 1980 年通航发电，着重讨论施工通航等问题。

关于施工通航问题，交通部门要求施工不断航，事实上办不到。大家认为，力争缩短断航时间是可能的。客运做到不断航有可能，但货运则不行，高潮必须由铁路转运。

解决转运乘客的投资较少，只需在坝上游新设一个转运点，将乘客用汽车转至坝下游原来的码头即可。而货物转运投资较大，不如经由铁路转运经济合理。

涉及航运方面的另一个问题是通航建筑物装备什么样的机械设备。

交通部门要求采用世界最先进的设备。

而技术委员会主管机械工作的委员沈鸿则认为："什么是先进的定义必须首先搞清楚，就机械设备来说，主要指标是好用而且可靠，如果不可靠就不能算作先进。技术委员会就是根据这样一个原则来选择机械设备的。"

关于三江航道的标准问题，设计单位研究了世界上的运河标准，认为交通部门提出的标准过高，但委员会仍然同意了交通部的要求。

林一山说："原因是，交通部门要求的标准有利于洪水期间扩大三江冲沙闸的泄量，且开挖工程不太大，又对宜昌城市规划有好处。因此技术委员会经过全面分析后同意交通部门的意见。"

1977年3月，工程技术委员会在水电部招待所召开第九次会议，主要讨论了三江航道标准等问题。

三江航道标准船闸规模、航道长度、宽度、弯曲半径以及航道区域水流流态等问题。

除了航道宽度和水流流态以外的问题，过去都取得了比较一致的意见。

随着单项技术设计的展开，航道宽度和水流流态问题就突显出来。

这两个问题，航道宽度比较容易解决，最难的是水流流态，而解决水流流态问题离不开河道整治与河势规划。

为了改善两个引航道口门水流流态，南京水科所提出"鱼嘴"方案。设想通过鱼嘴工程的建设，把长江分为"双槽"，并调整分流比，达到稳定河势，改善流态的目的。

但是经过深入研究，"鱼嘴"方案不仅不能达到预想的目的，还将使鱼嘴以下长江河道形成一个大沙洲，一直延伸到二江泄洪闸附近，影响二江泄洪闸泄流。

同时，这个鱼嘴工程需要在长江主泓急流位置施工，施工问题无法解决。

因此，这个方案也被否定。

航道水流流态问题，后来通过河势规划，"一体两翼"枢纽布置方案的选定以及河道地形、岸线整治等综合措施才最终解决。

1978 年 4 月，工程技术委员会在北京前门饭店召开第十次会议，主要讨论了第二期工程问题。

　　经过前 9 次会议的工作，以及有关单位对单项技术设计的审查，长江流域规划办公室所提出的第一期工程技术设计已经基本完成。本次会议转入对二期工程的问题进行研究。

　　二期需要研究的问题很多，但时间比较宽裕，可以把问题研究得更深更细一些，特别要注意吸取第一期工程的经验，以便二期工程设计做得更好。

　　大江截流工程标志着一期工程结束，二期工程开始。

　　第二期方案是在技术委员会成立之前，总结截流方案的经验教训，经过模型试验、方案比较之后提出来的。

　　技术委员会要求设计单位把截流方案做得更深更细，要把中国的立堵方法同外国的平堵方法有机地结合起来，要考虑各种可能发生的因素，比如气象等。

　　根据葛洲坝工程河势规划方案，泥沙模型显示，二期工程的泥沙问题，不像原来设想的那么严重。

　　南津关的河段环流现象已经基本消失，因此大江泥沙淤积情况就要好得多。

　　有了这种有利变化，原来设想在大江设置 5 孔冲沙闸就没有必要了，其位置可考虑用作厂房。这样就为葛洲坝工程增加装机提供了条件。

　　1980 年 1 月，工程技术委员会在京西宾馆召开第十一次会议。

　　会议着重讨论了实现 1980 年大江截流的条件问题。

　　本次会议对于截流前的各项准备工作作了细致检查，

截流方案和截流用的机械设备等都准备充分，就连有关截流通航问题，国家计委等单位也根据技术委员会提出的方案做好了充分准备。

技术委员会考虑到截流以后二江泄洪闸即开始行洪，其水下部分的建筑物将接受抗冲耐磨的检验。

虽然设计单位早已经考虑了解决"球磨机"现象的措施，也考虑了避免深水部分混凝土气蚀现象等问题，但实际运行情况究竟如何，需要一种有效的检查手段，在这方面相关部门也做了充分的研究和准备。

1981年1月，葛洲坝工程技术委员会第十二次会议在葛洲坝工地召开。

这次会议主要讨论了二江泄洪闸的安全等问题。

这次技术委员会会议召开的时间，正值大江截流即将完成的时候，由于技术委员会中有的委员担心葛洲坝工程二江泄洪闸的安全可能出问题，在大江截流工程开始的时候曾经正式向国务院书面报告，建议修改设计，减少4台机组，增加5孔泄洪闸，以作为补救措施。

国务院对此非常重视，曾在北京同有关部门商讨，基本意见是葛洲坝工程必须把安全放在第一位。

技术委员会本来多次慎重讨论过二江泄洪闸的安全问题，认为葛洲坝工程二江泄洪闸的设计，对于安全问题是有保障的。

但在这次会议上，水电部的代表宣读了在大江保留4孔排沙闸，少装机50万，以便二江泄洪闸万一发生问题时代替部分泄洪任务的书面建议。

接着，与会专家又根据大量科研设计成果论证了二江泄洪闸的安全问题。

对此，林一山正式表示："找不到任何理由可以证明保留4孔冲沙闸，减少50万装机，对二江泄洪闸的安全问题有任何好处。"

国务院负责人参加了这次会议，在听完了各种意见以后，负责人表示："这次会议与北京的情况不一样，既然葛洲坝的安全有保障，还是应该争取多装机。"

技术委员会据此决定：

仍按原来的设计和安排，如期进行大江截流。

这次会议还就二期工程的其他许多问题进行了讨论，其中包括过鱼问题。

关于葛洲坝工程过鱼的问题，技术委员会曾经作过多次讨论，由于国际上过鱼建筑物的经验不成熟，大家自己也尚未取得可靠的研究成果，一直没有作出修建或不修建过鱼建筑物的决定。只是要求有关单位进一步加强研究工作，同时采取一些人工放养等其他措施。

对此，国家水产主管部门意见很大，还有许多专家学者联名公开发出"关于拯救长江鱼类的紧急呼吁"和"关于保护长江水产资源，建立葛洲坝过鱼道的紧急建议"。

这些呼吁和建议指出：

> 葛洲坝枢纽的兴建，使长江水域生态系统发生重大变化。我们原来一直以为，枢纽工程中建有鱼道，直到最近才知道并未落实。当前大江已经截流，如果鱼道工程落空，后果将非常严重。

呼吁中还说："首先，将是对长江水产资源的严重破坏；第二，一些珍贵稀有的水生动物将面临灭绝的危险；第三，还将带来其他生态影响。我们认为这个问题事关重大，不仅关系到当代及子孙后代的长远利益，而且涉及我国现行法制。"

专家着重指出：

> 实际上鱼道建设项目不仅没有着手设计施工，而且在忽视生态平衡，片面地认为对水产影响很小的错误思想指导下，既未与水产部门取得统一认识，又未报经中央批准，工程技术负责人擅自决定取消了鱼道建设项目。

对此，中央领导十分重视，批转国家农委召开专家会议论证，提出看法。

关于葛洲坝工程的过鱼问题，技术委员会每一次研究都邀请水产主管部门的负责人员参加，同时也邀请了科学院系统水产研究部门的研究人员参加，技术委员会的意见，是综合这些专家学者的合理意见提出来的，尽管过鱼建筑物在世界都不成功，但大家都仍然要求包括水产主管部门在内的有关单位加强研究，拿出一个可靠的方案来。

其中有对中华鲟的争论。

从理论上说，像中华鲟这种巨型鱼种，无法沿着鱼梯进入水库，据说世界大坝会议早已经作出决定，不要求建坝必须修建过鱼建筑物。

水产专家的经验也证明，鱼类对产卵区的选择，除了大马哈鱼这个别种类必须回溯到原来的产卵区外，一般鱼种都有适应情况变化另觅新产卵区的特性，只要条件合适，即可辟为新的产卵场。

同时实验证明，中华鲟鱼在水库静水区内会失去前进方向。试验者将中华鲟网捕过坝，发现它只在原地洄游，找不到去原产地金沙江的线路。

苏联的经验也证明，原来在伏尔加河上游产卵的鲟鱼，因修坝被阻后也改在里海产卵。

四川省农科院水产研究所的柯薰陶用人工孵化法孵化中华鲟成功，证明原来认为中华鲟性腺必须发育到 5 期才能孵化的理论是不准确的。

可是，水产主管部门却仍然坚持要求在葛洲坝工程修建过鱼建筑物，说"即使不成也只是交学费。"

就在中央委托国家农委召开的论证会上，会议主持人发现，原来中华鲟问题之争，并非水产主管部门与水利部门之争，而是中国科学院水生所的专家不同意水产总局的意见，农学院水产养殖教授也不同意水产部门的意见，甚至联名呼吁的第一签名专家在知道事情的真相后也声明他的签名错了。

在这种情况下，会议主持人表示了带结论性的看法，他说："中华鲟鱼要保护，大家意见是一致的，但如何保护？是用鱼道、浮船、网捕、人工养殖中的哪一种办法或几种办法需作研究。"

水产主管部门要求搞鱼道，兼顾过家鱼；另一种意见认为鱼道对鲟鱼是失败的，主张搞人工繁殖。大家争论不休。

伍献文是国内最著名的鱼类学专家，他就不赞成水产主管部门的意见。

有两位外国水产专家来中国看过葛洲坝工程以后，其中一位说："如果葛洲坝工程修建了过鱼建筑物，就是修了一座愚昧无知的纪念碑。"

1982 年 1 月，葛洲坝工程技术委员会第十三次会议在北京东方饭店召开。

会议主要讨论了大江枢纽布置和救鱼等问题。

这次会议的开会时间，是在大江截流一周年之后，一年来葛洲坝第一期工程经受了百年一遇最大洪水的考验，枯水期又出现了设计最小通航流量，但是泄洪、发电、航运运转都十分正常。

这就为委员会最后确定二期工程方案创造了条件，同时也澄清了许多年来所争论的问题。

过去交通航运部门对于三江航道能否通航，始终存有疑虑，大江截流前夕，中国航海学会在宜昌市召开"河道渠化船舶航行安全"学术讨论时，一些专家联名提出"三江航道是不安全的。"

但会后不久，三江航道即试运行，由交通部副部长陶琦担任试航指挥长，他在完成试航任务回到北京后对林一山说："试航非常顺利、成功。过去我们都不相信三江航道是一条好航道，现在感到十分满意。"

1981 年 2 月，国家农委召开专门论证救鱼的问题会议之后，委员会又掌握了中华鲟鱼在坝下游的生态活动的许多有研究价值的新情况。

在坝下捕到的部分成熟亲鲟，经催产孵化成功，证明了人工繁殖的可能性。

技术委员会根据国内外经验，认为既然鲟科鱼类不能有效通过鱼道，目前又未能找到鲟鱼安全过坝的措施，特别是修建三峡水库以后，中华鲟上溯金沙江天然产孵场产孵和洄游入海问题无法解决。

因此，大家认为不宜修建过鱼建筑物，可在坝轴线适当部位预留位置。

工程设计在建设中完善

1973 年 3 月，葛洲坝工程技术委员会第二次扩大会议在北京饭店召开，讨论通过了由他们起草的修改初步设计的工作大纲。

通航问题是葛洲坝工程建设当中的一个焦点、难点问题。

为了解决这个问题，1973 年 4 月，由周恩来和美国国务卿基辛格商定，中国组织了一个大坝代表团，到美国考察大坝和船闸，这是新中国成立后向美国派出的第一个水利考察团。

这个考察团由水电部、交通部、机械部、外交部、长江流域规划办公室 5 个部门一共 10 个人组成，团长是中国航运专家、时任华东水利学院的严恺，魏廷琤是副团长。

一行 10 人在美国待了 8 个星期，跑了 13 个州，看了已建的和在建的 26 座大坝和船闸，以及设计科研单位、大学、工厂、实验室。

通过考察，大家了解到，从俄亥俄河整治开始，美国修建船闸已经有近百年的历史，是其改善内河航运最主要的办法，而且非常安全，不会出事故，不会造成客货运量降低，不可能造成河流断航，是非常有效的改善天然河道的重大措施。

这时候，通过基辛格做工作，美方给了中方一套田纳西河上尼卡加克工程改建的船闸完整的设计图纸，通过海运寄给了工程技术委员会。

大家回来以后，向中央写了一个报告，大致意思是说，葛洲坝工程建设中有关方面提出的问题，参考美方经验都可解决，修建葛洲坝船闸在工程技术上应该是没问题的。

1973 年夏，张体学在北京去世。他在生命的最后时刻还叮嘱别人：葛洲坝复工莫忘了通知他。

葛洲坝工程停工以后，张体学就病了，在北京医院查出患有肺癌。

到美国考察以前，魏廷铮和林一山、刘书田、廉荣禄、王京 5 个人去医院看他。

大家一进门，还没有和别人打招呼，张体学就说："老林你来了，眼睛怎么样？"

林一山说："眼睛好多了。"

张体学说："葛洲坝靠你们了，好好干，一定要干好啊！"

魏廷铮说："张省长你放心，我们一定把葛洲坝工程干好。"

张体学又说："我 1970 年批评你，批评错了。"

魏廷铮说："你不要在意这事，身体要紧，安心养病，我从美国回来再向你汇报。"

但是魏廷琤从美国考察回来，还没有来得及去看张体学，他就去世了。

张体学去世后，周恩来十分悲痛，特意关照水电部，对钱正英讲，葛洲坝只能做成，不能失败。

当时，李先念对葛洲坝工程也非常重视，他下了最大的决心，一定要把毛主席指示的工程做好。

中国考察团从美国回来，李先念专门找严恺谈了一次，详细了解了情况。

在修改施工设计方案的时候，李先念说，一方面要加强施工的准备工作，另一方面也不要等新设计方案完全审查完毕才恢复动工，并强调"哪里好干就在哪里干"。

在各方面共同促进下，修改设计的工作进展很快，到1973年底，大的轮廓已经基本完成。

1974年，谷牧担任国家建委主任。李先念交代他亲自到葛洲坝工地现场进行调查。

魏廷琤陪谷牧在葛洲坝待了10多天，召开了各种座谈会，然后又看了丹江口工程、十堰二汽。

从十堰二汽回北京以后，谷牧就在友谊宾馆主持召开了建委座谈会，审查葛洲坝的修改初步设计方案。

魏廷琤对修改设计方案作了汇报，特别详细说明了二江泄洪闸的设计思路。

总的来说，相比原来的设计，修改后的设计在泄洪能力、装机容量上都有了很大增加。

原设计是 16 孔泄洪闸，扩大到 27 孔，流量可达到每秒 11 万立方米，保证工程安全。

机组原来是 10 台 17 万千瓦机器，总装机容量是 170 万千瓦。

大家反复研究，最后确定装 21 台机，两台 17 万千瓦的，19 台 12 万 5 千瓦的。谷牧同意修改设计的各项内容，并向国务院作了汇报。

经国务院批准，1974 年 9 月，谷牧到葛洲坝工地，正式宣布工程复工。

1975 年，水电部组织了一个考察组，到巴基斯坦考察大坝。

考察组在巴基斯坦主要考察了两个大坝，一个是英国人设计的，一个是美国人设计的。一个在印度河的干流上叫塔贝拉工程，一个在印度河的支流上叫曼格拉工程。

看了这两个工程以后，考察组认为，葛洲坝工程的设计和英国人设计的曼格拉大坝的原理基本是一致的，站得住脚，可以保证绝对安全。

同年，国家建委正式批准长办提出的葛洲坝工程初步修改设计报告。

葛洲坝工程复工以后，因为工程设计合理，施工准备比较充分，工程质量提高了，工程建设进度也比较快，各个方面都比较顺利。

1980 年 7 月，邓小平亲赴三峡地区和葛洲坝工地进行视察。

在船上，魏廷琤向邓小平系统汇报了三峡工程的问题。

当汇报到当年周恩来确定先建葛洲坝工程为三峡工程做实战准备时，邓小平表示赞成，并指出葛洲坝建设过程中所取得的经验一定要很好地应用到三峡工程上。

船到宜昌后，邓小平参观了葛洲坝工程，他看得很仔细，并询问了葛洲坝一期工程的截流时间，对施工情况比较满意。

1980 年，国务院召开了一次会议。在这次会议上，有人反映了一些专家对葛洲坝工程的不同意见。

这些专家认为，葛洲坝工程危险得很，一是地质条件很差，葛洲坝工程就好比放在一个玻璃镜面上，水一急就要滑掉或被冲掉；二是葛洲坝工程二江泄洪闸下游设计的问题。

当时的设计方案是在消力池工程下边的基础设立封闭排水系统，消力池的底板采用较轻型结构，这样可以大大地节省工程量。

这些专家提出这种设计不安全，认为万一基础排水失灵，这个底板就要漂起来，建议把消能工程改为重型结构，就是不靠基础排水，而靠自己的重量来保证稳定。

听了这些专家的意见以后，国务院准备暂停葛洲坝二期工程，钱挪出来修建五强溪水电站。

国务院会议以后，钱正英专程到葛洲坝工地，找林一山、水利部副部长冯寅、魏廷铮，还有长江流域规划办公室的两个总工程师曹乐安、张邦祚，在林一山的房间里座谈。

钱正英明确问道："二江泄洪闸到底安全不安全?"

这次谈话每个人都畅所欲言。长江流域规划办公室由魏廷铮负责汇报。他说："我们做了那么多次安全试验，又看了巴基斯坦两个大坝，保证绝对安全。"

冯寅是 1950 年从国外回来的老专家，密云水库是他负责设计的。他在葛洲坝工程问题上是有顾虑的，这次他也发了言。

冯寅说："我做土坝有些经验，但像二江泄洪闸这样的工程，我没有经验。"

钱正英听取了长江流域规划办公室的意见，回到北京以后向国务院作了汇报。

听了钱正英汇报以后，国务院总理还是很不放心，决定到工地现场视察。

1981 年元旦下午，国务院总理乘飞机到了葛洲坝工地，由魏廷铮作具体汇报。

魏廷铮没打草稿，整整讲了三个小时，国务院总理听完以后，对工程质量问题、大江截流问题、二江泄洪闸的安全问题、航运问题心里都有了底，发表了他的意见：

在工地看到的情况，比在北京听到的好得

多，同意大江截流，恢复二期工程施工。

1月3日，葛洲坝工程大江截流开始，4日合龙。国务院总理没等大江合龙，就离开葛洲坝，到湖北、河南、山东一些农村进行考察去了。

大江截流结束以后，有人又说大江围堰做不起来，特别是格型钢板桩纵向围堰，结果大江围堰很顺利地兴建起来了。

航运问题也曾经是很多人担心的问题。

恢复通航以前，一些船长讲："原来过南津关的时候，大摇大摆；现在你们修葛洲坝工程，把我们限制在这个胡同里面走，我们出了事故是会被戴手铐的。"

当时一些交通技术干部，说修了葛洲坝工程以后，形成"一关四口"，即南津关、上下航道的进出口，把长江卡死了，南津关将会变成难出关。

1981年7月，水轮发电机试运转72小时，发现二江电厂一号机组烧瓦。

当时请了很多人，反复找原因。沈鸿还专门从广东请了一位油膜专家陈国栋到工地协助。

大家日日夜夜摸索，找问题做实验，最后总算找到了症结所在：轴承冷却油不够干净，油路不通畅，导致油膜不能建立，瓦温过高，发生烧瓦。

问题解决了，到国庆节的时候，一号机组就安全运行了。

12月，葛洲坝电力正式上网商业运营，安全问题有了保证。葛洲坝21台发电机组都是国产的，其中转桨水轮发电机组是世界上同类发电机组中最大的，这说明中国人完全有能力独立建成大型水电设备。

1980年，美国内务部垦务局局长席金生参观葛洲坝工程后，感慨地说：

中国人能够建成葛洲坝这样的工程，什么样的大坝他们都能建造了。

1981年12月8日，葛洲坝二期工程开工，次年正式开始主体工程施工，进展顺利。

1982年，长江流域规划办公室领导班子改组，林一山退居二线，黄友若任党委书记，魏廷琤任第一副书记。

同年年底，黄友若调回水利部，钱正英找魏廷琤谈话，由他全面主持长江流域规划办公室的工作。

三、 施工建设

● 张文发说："我是从汽车分局调出来的，现在，那里出渣任务重，大车司机很缺，还是让我回娘家开大车吧！"

● 方凤莲自己却说："其实，我平时工作和带徒弟时都是这么干的。电铲开挖和汽车装运配合在一起，汽车倒车的时候，我就把料准备好了。"

● 周日山和丈夫朱耀文在同一个队工作，朱耀文担任钢筋队副队长，周日山担任民兵连副连长兼电焊班班长。在高强度的工作面前，夫妻俩总是相互鼓励。

民兵汽车连多快好省建大坝

1979 年，是葛洲坝水利枢纽工程为确保 1980 年大江截流、1981 年一期工程通航发电的关键一年。

对此，三三〇工程局党委作出决定：

精兵良将上前方，群英会战泄水闸。

工程局武装部紧紧围绕局党委的中心，为确保这一大仗、硬仗取得全胜，迅速在全局精选技术优良的职工、民兵，组成了 1 万余人的突击队伍，浩浩荡荡地开赴二江泄水闸施工现场。

1979 年 3 月，正是葛洲坝一期工程进入施工高峰的日子，张文发刚从浇筑分局调回汽车分局。新组建的四队特意派张文发驾驶一辆红色的"别拉斯"大型载重自卸车，希望他这个享誉工地的标兵再接再厉，作出新贡献。

当时，上级为了加快施工进度，组织广大民兵开展了一场轰轰烈烈的劳动竞赛和立功活动。

在进行大江截流的劳动竞赛中，张文发担任的是民兵汽车连副连长。

张文发说："我是司机，只知道干活，没日没夜地干。"

那段时间，张文发没日没夜地干，拼命地干，做到了班班超产，月月超产。

大江截流那天，张文发带病干活，一连30多个小时没离开过驾驶室，渴了喝几口凉开水，饿了就啃几口冷馒头，一直坚持到截流成功。

在葛洲坝大江截流以及保通航、保发电和安全度汛的战斗中，张文发荣立了一等功。

从1979年4月到1982年3月的3年时间里，张文发共完成出砟石总量近9万立方米，超过上级下达计划指标的206%，完成产值20多万元，也超过计划指标的202%。

张文发自豪地说："我3年干完了6年的活。"

这3年里，张文发连续两年没有回家，放弃了39个休息日。

1979年和1980年，组织上先后两次安排张文发去庐山疗养，他都婉言谢绝了。张文发说："我希望抓紧时间，能多拉一车就多一车。"

在车多如蚁的葛洲坝工地，开大车跑生产部位，追运输方量，有辛苦没油水，乖巧人看不中，倒是那些开小车，在后勤单位开生活车的司机，才被人羡慕。

因此，时有大车司机钻洞打洞找门路，跳出大车开小车。

一年春天，浇筑分局汽车队缩编，众多司机要调离

施工建设

出砟战线，张文发因为连续两年被评为工程局标兵模范，受到了分局党委的重视。

一位领导事先打招呼告诉他："小张，你现在有三种去向，一是留在这里开小车，二是到有关单位开生活车，三是回汽车分局开大吨位的出砟车，何去何从你可以自己选。"

张文发明白这是领导关照他，想让他去开小车或生活车，不要随大流走。当时，开小车或开生活车是个好差事。

但张文发最后还是拒绝了领导的好意，他说："我是从汽车分局调出来的，现在，那里出砟任务重，大车司机很缺，还是让我回娘家开大车吧！"

领导以为张文发没听明白，问道："你不喜欢开小车和生活车？"

张文发笑笑："开大车装得多些，贡献就大些，我还是喜欢去开大车。"

这个消息在同伴中传开了，有的赞扬，有的嘲笑，有的在背后叹息张文发是"被丢进苔里寻不出来"，还有的当面讲他是死心眼："这么好的机会不把握住，你不怕开大车夏天火烤，冬天雪寒，也得可怜农村的妻子儿女，让娘儿俩早日吃上商品粮嘛！"

葛洲坝工程是国家重点建设项目，享受"吃饱喝足"的优厚待遇。一些同志认为家大业大底子厚，供料大撒手，浪费现象时有发生。

张文发从小生活在农村，省吃俭用惯了，看到这些浪费国家资产的事情十分反感，他自己则特别注意"节约用油和修旧利废"，为此，有人还送了他一个绰号"小气鬼"。

　　为了节约油料，张文发修车后，从来不用汽油和柴油洗手，而是用棉丝、肥皂、洗衣粉去污，有时干脆就用泥巴搓。有时候宁肯自己提着油壶到城里去买家用的煤油，也不愿占公家一点便宜。

　　3 年里，张文发通过这样"斤斤计较"，注意节约和利用废旧材料，总共省下柴油 4600 公斤，为国家节约成本 5 万多元。

　　有一次，张文发开的"别拉斯"车搞二级保养，装一副刹车片，少了 30 多个铆钉，分局仓库和工程局、物资局仓库都没有合适的型号，车子没法修，眼下又急需车辆拉混凝土，大家都为此发愁。

　　这时，张文发忽然想到汽车分局保养厂原来修过这种车，可能有拆下来不用的旧铆钉，于是立刻赶到保养厂去，将废料堆翻了个底朝天，手指都被铁屑、钢碴刺破了。

　　最后，还真被他从废料堆里扒出了 38 颗对型号的旧铆钉，难题终于解决了。

电铲工创新开挖方法

1978 年，怀有身孕的电铲工方凤莲驾驶 410 电铲车足足干了 7 个月。

孩子生下后不到 40 天，方凤莲又爬上电铲车。

方凤莲创造了许多前所未有的施工纪录：一个星期连续挖了 7 个第一，一个台班开挖量达到了 180 车、3280 立方米。

方凤莲静静地坐着，时而兴奋地高声述说，举手投足间，显示出沉稳与干练。

方凤莲在葛洲坝水利枢纽工程建设中，打破了多项水电施工挖掘纪录，并创造了水利施工中"一远二近先扫边"的开挖法。

人们都说方凤莲巾帼不让须眉，是男人堆里走出来的"女强人"。

在葛洲坝工程开挖施工最繁忙的 5 年中，大江冲沙闸闸室、二江机组基坑、黄草坝的最顶端，都留下了方凤莲 410 电铲车履带的足迹。

那天下午爆破结束后，方凤莲接班。

葛洲坝集团公司管生产的领导在察看爆破效果和施工情况后说："你们的进度滞后了。"言语中透出内心的焦急。

队长朝一个地方一坐，说："小方，你今天能够挖到我坐的这个地方来，就不错了。"

方凤莲不知道放炮的效果，下面如果炸得不好，就挖不动。于是她说："看情况吧，尽力而为。"

不知不觉，到了下班的时候，方凤莲已经挖到了超出队长坐的位置 1 米远的地方。

队长过来一看："啊，挖了 100 多车哦！"后来核对是 150 车。

有人给右岸的领导报告："左岸 410 电铲创造了高产，一个班挖了 150 车，2000 立方米！"

领导说："这可从来没有过，而且还是在葛洲坝开'三八车'的那个姓方的女司机。"

事后，队里奖励方凤莲 100 元。

方凤莲问队长："为啥奖励？"

队长说："你昨天挖了第一啊！"

方凤莲问："第一是多少？"

队长说："就是 2000 立方米啊！"

方凤莲当时也很惊讶："2000 立方米还算多啊？"

队长自豪地说："在你来之前，集团公司有 3 个单位七八台电铲，从来没有哪一辆车在一个班 8 小时内挖过 1000 立方米的，800 立方米都没有挖过。"

"高山为纸，铲刀做笔"，在电铲车驾驶室那方寸之地，方凤莲饱蘸灵巧和汗水，绘出了水电人生的绚丽色彩。

在高高的边坡上，在深深的航道里，被誉为女铁人的方凤莲和她驾驶的电铲车总是水电工地最亮丽的风景。

1974年，方凤莲带着她那台一立方米的油铲车到了葛洲坝工地。

当时，方凤莲已经是老师傅了，却要转岗开电铲车。还是因为工作需要，她开始当徒弟，从最基础的工作干起，拉电缆、擦车、洗棉纱。

就这样，仅仅过了一个星期，方凤莲就开始独立操作那台当时价值几百万元的电铲车。

方凤莲从多年工作中总结出来的"一远二近先扫边"的开挖法，被《中国工人报》的记者首先发现并大篇幅报道。

文中这样说道：

方凤莲高超的技艺和丰富的智慧又一次冲击了水电施工靠苦干和蛮干的观点。

方凤莲自己却说：

其实，我平时工作和带徒弟时都是这么干的。电铲开挖和汽车装运配合在一起，汽车倒车的时候，我就把料准备好了。

汽车装满走后，我赶紧把电铲车转个180度，清理那些不成堆、不好挖的散料，尤其是一些角落里，要把它扫平整，方便再一次挖，这叫"先扫边"。

下一辆车倒过来了，我先从远一点的地方挖一斗，转过来装车，慢慢地挖到电铲车跟前来，这叫"一远二近"。

这样循环工作，汽车和电铲车都没有闲下来的时候，进度就快一些，也不增加机器的消耗。我想，自己文化程度虽然低，但是技术上可以钻研，学精了，再难的技术也能练好，也就不怕文化低了。

1986 年 1 月 2 日的晚上，葛洲坝下游围堰开挖正紧，方凤莲的 410 电铲铲刀两边弯梁上的耳子磨坏了。

白天修理，时间安排不过来，机长让方凤莲下午 14 时开始修。

天黑过后，电工开始焊耳子了，要用车上的灯照明，可偏偏车上的灯泡又坏了。

方凤莲借来一个灯泡，装上去以后合闸刀，"砰"的一声，火苗蹿了出来，方凤莲感觉眼前一黑，闻到一股煳味。

当时，方凤莲还不知道是怎么回事，只觉得眼睛有点看不清楚，隐隐感到手是黑的，驾驶室里的帘子烧着了，就喊着让徒弟赶快切断电源。

队长过来后，大叫一声："哎呀，方师傅你别动，我抱您下来。"

方凤莲说："我手脚好好的嘛，干嘛让你抱我下来?"

队长把方凤莲抱到调度室后，同事们都不认识她了，后来送到医院，就什么都不知道了。

事后方凤莲才知道，自己被电弧烧伤了，头发眉毛都烧没了，脸也烧煳了，双手也烧坏了。

这一天，方凤莲一辈子都不会忘的。

好在医生妙手回春。

出院后，方凤莲就继续治疗。

有一次，脸上的一个地方感染了，方凤莲到附近医院门诊部治疗，人家死活不让她进去，说方凤莲头发、眉毛都没有，脸上还那么吓人，是麻风病。

解释了半天，才让方凤莲进去。

住进医院的时候，方凤莲想："我才 30 来岁，工作还没有干完呢，孩子才上小学，要是手坏了怎么办呢?破了相倒还不怕，了不起爱人不喜欢，走出去难看。别人说我丑，不怕! 就怕手不能动，不能再开电铲车了。"

幸好方凤莲很快康复，她终于又能开电铲车了。

别人说："一朝被蛇咬，十年怕井绳。"

可方凤莲就是喜欢自己的工作岗位，那里才能体现她人生的价值。

方凤莲常想：

电铲的工作动力是 6600 伏的高压电，人的工作动力应该是什么呢？那就是事业心和责任感，男同志能够干的，我们女同志也能够干，女人有志气！人得有精神，不然活得就没劲了。

站在巍巍葛洲坝前，面对滔滔长江水，这个曾经驾驶油铲、吊车和数台电铲车，先后参加湖北黄龙滩水电站、丹江口水电站、葛洲坝水利枢纽、隔河岩水电站、三峡水利枢纽等大型水电工程建设的历史见证者，眼里依然充满对火热工地的无限向往。

电焊工攻克施工难关

1976 年 5 月，周日山从黄龙滩水电站转战到葛洲坝浇筑二分局，从事电焊工作。那一年，她 19 岁。

周日山爱笑，即使工作最苦最累的时候，她脸上仍然挂着甜美的笑。

当时，周日山负责焊接葛洲坝 1 至 7 号机组厂房的主体部分。

由于工期紧张，上完早班接着上中班是常有的事，有时候周日山一天 24 个小时都在仓房里。

师傅们心疼地让周日山休息一会，她总是报以甜甜的笑，然后继续埋头工作。

在师傅们看来，周日山只知道工作，唯有紧张的工作才能让她满足。

当时，最累的要算焊接机组"蜗壳"底板钢筋和机房主体"牛脚"部分，电焊工常常要蜷在里面，身子也不能转动，而且同时有 10 多把焊枪焊接，焊花溅起烫伤眼睛的事时有发生。

这个很是危险，但周日山总是冲在最前头。

葛洲坝上钢筋纵横，预埋构件遍布。作为一个优秀的电焊工，必须灵活、细心和坚韧。

为了掌握过硬的焊接本领，周日山千百次地重复单调的焊接动作。

别人下班了，周日山找来废钢筋头在电焊房一次又一次地边琢磨边练习，并虚心向老师傅请教。

在不断的探索中，周日山逐步掌握了一整套复杂的电焊技术，攻克了一个个施工难关：她能把最难焊的紫铜片焊接得平整而光滑；"32圆"的钢筋接头，她一个台班焊接30个；"41圆"的，她一个台班焊接21个，超过国家定额近一倍。

1979年3月，分局举行职工评级拔尖考试，周日山获得满分，被提前晋升为三级工。

1977年春天，二江电站机窝大浇筑的战斗打响了。那时，葛洲坝一期工程正式进入施工高峰。

当时，周日山和丈夫朱耀文在同一个队工作，朱耀文担任钢筋队副队长，周日山担任民兵连副连长兼电焊班班长。在高强度的工作面前，夫妻俩总是相互鼓励。

1979年，按照工程总进度要求，混凝土浇筑、土石方开挖、金属结构安装三大高峰同时出现，其工程量都远远超过以往。

任务重，强度高，困难大，特别是葛洲坝工程的关键建筑物，二江36个12层楼高的闸墩组成的泄水闸，因种种原因，比总进度要求拖后了半年，成为能否按时截流和通航发电的一大难关。

为了顺利实现1980年截流和1981年通航发电的目标，工程局党委从全局精选技术优良的民兵，组成了一万余人的突击队伍，浩浩荡荡开赴二江泄水闸施工现场。

周日山和丈夫双双请缨，主动参战。

他们俩一心扑在工地上，每天天不亮就坐着敞篷车进了工地。中午吃饭，手套一摘，拿几个馒头三下两下吃完便接着干活。

朱耀文按图纸把钢筋捆扎好以后，周日山就一个个将钢筋焊接牢固。

当时正值盛夏，气温高达40多度。钢筋都是灼热的，周日山的手臂被焊花烫起层层血泡，但始终不肯放下焊枪歇一歇。

周日山怀孕初期反应很大，不断呕吐，朱耀文把汤药放在妻子床头，穿上工作服就上了工地。

丈夫前脚走，周日山把被子一卷，后脚就跟着去了施工队。

怀孕6个月时，周日山还坚持在一线焊接。

经过数以万计像周日山夫妇一样的民兵指战员的艰苦奋斗，施工"三大高峰"被攻克。36个泄水闸墩拔地而起，像擎天巨柱矗立江心。

17扇泄水闸门也全部安装就绪，不仅把拖后的半年工期赶了回来，还比预定工期提前了，创造了我国水电工程建设史上的奇迹。

周日山为工程建设作出了应有的贡献，也赢得了应有的荣誉。

1977年以后，周日山连续被评为工程局模范标兵，并被命名为省工业学大庆先进生产者，被水电部、团中央、全国妇联分别授予"先进生产者""新长征突击手""三八红旗手"等光荣称号。

《人民日报》《湖北日报》《工人日报》《中国青年报》，甚至外文杂志都刊登了周日山的事迹和照片。

1978年工程局团委召开团代会，会议主席接连不断地收到台下传上来的纸条，上面写着："请周日山给我们说几句话。"

团委书记请周日山上台去，台下掌声雷动，可是好一会儿周日山仍然没有上主席台。

大家又一次提出要求，可又过了好一会儿，周日山仍然没有上主席台。大家扫兴了，有意见了。

二分局团委书记亲自出面，说道："小周，上去吧，和大家见一面，说两句就下来。"

周日山无可奈何地走上主席台。她不敢抬头，最后结结巴巴地将《青春献给新长征》的歌词念了一半，就扭头跑下台去。

在荣誉面前如此羞涩和"胆怯"的周日山，在工程建设的战斗中却显示出无比的坚强。

有一次扒砟时，周日山被一块几十斤重的石头擦伤了脚背，鲜血直流，脚肿得像面包，她仍然拖着凉鞋，拐到工地上上班。

抢焊皮带钢柱时，周日山的腿被电弧光烤起了大块血泡，医生开了假条，可她把条子往兜里一装又上了工地。

在 4 号机进口段清模板时，周日山的左手背被锈钉划开了一条六七厘米长的血口，肉都翻开了，被送到医院缝了 7 针，开了 5 天病休条，可她第二天又上班了。

周日山把自己几年的公休日、节假日全部献给了大坝，整天在数以万计的钢筋焊头上来回穿梭。

但是，周日山从不因自己出名而得意，因为她觉得这都是自己应该干的。

葛洲坝实现大江截流

1981 年 1 月 3 日凌晨，成千上万的宜昌市民起了个大早，三五成群，扶老携幼，或抢占山头，或偷越警戒线而靠近堤岸，或攀上房顶楼台，举目远眺，渴盼等待着大坝合龙的庄严时刻的到来。

5 时整，右岸响起了马达的轰鸣声，它似历史的鼓点，震撼着人们的心灵！

此时，94 辆满装有大、中块石和混合石的巨型自卸车，摆成 1000 多米长的一字长龙，宛若一把钢刀，准备着创造腰斩长江的奇迹。

左岸堤头约 15 米处，4 辆装满大石的 T50 大车并排倒立戗堤头，两台 320 马力的推土机，呈八字形分两边摆开。

戗堤上挑角处，8 台大车一线拉开；戗堤背水面，两台 T50 和 7 台 T20 车一字排列；再往上，70 辆装满大、中石的卡车成双排列，从基地沿 920 道路向堤头延伸，36 台装满石砟的卡车沿戗堤列队而下。

如此壮观的大兵团作战场面，谁见了不心情激动！

7 时 30 分，大江截流总指挥部下达了命令。

刹那间，堤头指挥员绿旗一挥，200 多辆卡车同时发动，轰鸣声震撼两岸，一幅与大自然搏斗的雄壮图景展现在人们眼前。

左岸，4 辆大车上的巨石轰隆一声倾入江中，巨石切开水面，溅起两丈多高的水柱。

紧接着，4 车四面体巨石相继在上挑角处急速卸下，待四面体边角一露出水面，工人们立即抓住战机，准确、迅疾地向龙口抛投中石，很快筑成挡水屏障口。

戗堤中部和背水面与此同时也抛投中石和石砟，依附上挑角坚实的屏障，在湍急的江水中站住了脚。

在这紧张的分分秒秒里，指挥员频频发布命令。

基地的电铲车、吊车快挖快吊，车车装满；堤头的卡车首尾相衔，有条不紊地快速抛填。

推土机进得猛，推得稳，行得灵，退得快。

左右两侧戗堤头进占各以每分钟抛投 4 车，每小时各投 1500 至 2400 方、进尺为 5 米的高速向江心推进。

从 7 时 30 分至 23 时 30 分，共进占 91.2 米，抛投石料近 5 万立方。

夜，在缩短；日，在缩短。

龙口，在收缩着，收缩着……

千万双眼睛在盼待，千万颗心在狂跳！

1 月 4 日 15 时，时间突然停滞了。步话机里传来意外消息：25 吨重的精制石块投入落差 3.05 米、每秒流速高达 7 米以上的龙口，眨眼之间便无影无踪了！

夺路奔逃的江水在怒吼，仿佛向人们示威！

按照架设电杆采用"地锚"的原理进行逻辑思维的

工程师钱金奎，猛然想出了将石块连成"葡萄串"的好主意。

随即，钱金奎自告奋勇，冒着随时都可能被江水挟裹而去的危险，大胆爬上了四面体石块。

一次、两次……联锁着的四面体在千万双焦灼的目光护送下，被推土机手准确无误地推向龙口。

一声巨响，成功了！

"葡萄串"在龙口站住脚跟，湍急的流势明显地缓入龙口，人们惊喜地发现，它的一边尖角露出水面约 50 公分，江水经过迅速分离，激起一道道银色水花。

人们情不自禁地呼喊起来："再来一块！"

随着又一块"葡萄串"下水，龙口边缘连续卸下数车大、中石块后，大马力推土机耀武扬威地朝石堆开过来，石块纷纷跃入江中，溅起 10 多米高的浪花！

大家高声喊着："合龙啦！"

龙口四周，人们眼眶潮湿了。

万里长江第一坝的大江截流战斗，历时 36 小时 23 分，共抛投石料 10 万余立方米，胜利告捷！

鞭炮声、汽笛声和着人们的欢呼声，响彻江天，震撼神州大地！

施工建设

安装队创造安全零事故

1998 年，张为明来到火热的三峡工地。

张为明进峡 4 年，担任葛洲坝集团三峡机电建设公司泄洪坝段项目经理，他带领职工完成的金属结构安装总量已超过 4 万吨，工程涵盖供料线、高程 45 米栈桥、双线五级船闸金结设备、泄洪坝段导流底孔、深孔和表孔等，创造了连续 4 年质量、安全零事故的纪录。

一顶红色的安全帽，一套破旧的工作服，一双布满泥浆的翻毛皮鞋，一张黝黑爱笑的脸。

如果不经人介绍，你很难将葛洲坝机电建设有限公司副总经理、三峡工程泄洪坝段项目部经理，具有工学硕士学位等头衔的人与他联系起来。

然而，就是这样一个普普通通的人，在火热的三峡工地，率领着葛洲坝机电、金属结构安装队伍，创造了年安装金属结构 3.2 万吨且近 4 年质量、安全零事故的奇迹。

张为明的领导和同事们评价他说："张为明踏实、刻苦、谦虚、聪明、肯钻研，是一名具备综合型素质的人才。"

张为明说："一个人如果脱离了集体，在事业上将不会有任何建树。"

2002 年，对张为明来说，是一个"荣誉年"。

进入 5 月，"2001 年湖北省青年岗位能手""2001 年五四青年奖章""2001年葛洲坝集团有限公司有突出贡献专家""2002年三峡工程优秀建设者""2002年全国五一劳动奖章"等荣誉纷至沓来。

面对这些荣誉，张为明说："是三峡工程给了我机遇，是葛洲坝这个集体给了我施展才华的舞台，是领导和同志们的帮助，使我登上了全国劳模的领奖台。"

熟悉张为明的人对他获得的这些殊荣并不感到吃惊。他们说："踏实、刻苦、谦虚、聪明、肯钻研的张为明走到今天，可谓是顺理成章，水到渠成。"

1966年，张为明出生于江汉平原的潜江县。1981年，张为明以优异的成绩考上了家乡的重点高中。幼时的张为明的理想，就是成为一个能为百姓造福的县长。这个理想，伴随着他成长。

1984年高考时，西北工业大学的教师来学校招生，学校推荐了成绩优异的张为明。

张为明为此面临着人生的第一次抉择。

从事有关航天尖端科学工作的诱惑，对一个高中生来说实在太大，张为明愉快地作了选择，在西北工业大学做起了航天梦。

在大学，张为明学的是金属材料与热处理专业。1988年，身为党员、班长的张为明以优异的成绩完成了学业。此时，葛洲坝集团到学校招人。

张为明身在异乡，他听到来自家乡著名企业的呼唤，倍感亲切。

此时，张为明脑海中闪现出家乡人每年为荆江大堤加固的身影，于是他选择将自己的人生与水电结缘，与长江结缘，这和幼时改变家乡贫穷面貌的理想是吻合的。张为明没有犹豫，背起自己的全部财产——两大箱书，风尘仆仆地来到葛洲坝机电建设有限公司报到。

到葛洲坝集团的头两年，张为明和同事们一道为葛洲坝集团机电公司建起了我国水电施工单位的第一间金属材料理化试验室。

为了事业，张为明放弃了都市丰富的生活和清闲的工作。1989年8月，23岁的张为明主动请缨，来到位于豫南桐柏山麓汝水之滨的水电建设工地。他不懂就问，不会就学，从烧电焊、下料放样学起。几个月下来，人们对这个又黑又瘦、不苟言笑、手脚麻利的小伙子有了好感。

1990年，板桥水库泄洪闸表孔闸门安装进入攻坚阶段。同事们在拼装闸门扭支臂时，因忽略了扭角问题，结果在吊装时怎么折腾也装不上去。

对此，张为明经过计算，制订出施工组织设计方案，成功地解决了这一问题。从此，人们对大学毕业不到三年的张为明更是刮目相看。

在二滩导流洞闸门门槽施工时，因工艺复杂，技术难度大，作为承建方的德方和意大利方将闸门安装任务全部交给了张为明率领的项目部。在时间紧、任务重、技术要求高的情况下，张为明和他的伙伴们按期保质地完成了任务，并为业主节约了 6000 万元人民币，为二滩水电站按期发电立下了头功。为此，业主给项目部送来 70 万元作为奖励。

时光在不知不觉中流逝，当年 20 刚出头的年轻小伙子，长成了一条结实的汉子。当二滩水电工程竣工时，张为明已年近 30 岁。在事业上，张为明是成功的；在生活上，30 岁的大小伙子却还没有成家。

闲下来时，人们为他张罗着。一向讲"速度"的张为明，从恋爱到结婚却用了 7 年时间，与女朋友在一起的时间不足 1 年。当妻子有怨言时，张为明苦笑着说："这就是水电人的生活呀。"

葛洲坝集团公司的一位领导在介绍张为明时说："作为一名技术干部，张为明在工作中体现了良好的综合素质。他不仅重视生产，更重视管理工作和精神文明工作，并将这些工作有机地结合在一起，从而发挥出更大的效益。"

张为明在他追求事业的道路上步步踏实，步步辉煌。

为大坝建成奋力苦战

随着葛洲坝开工兴建，1970 年 11 月，张泽洪从丹江口调到宜昌，来到鄂西水电工程指挥部，成为一名风钻工。

1970 年 12 月 30 日，葛洲坝正式开工兴建。

张泽洪他们在开挖三江基坑时，碰到了难挖的胶结层，根本就挖不动，用风钻也打不动，大家靠人工，连续从早干到晚，奋战了 24 个小时打成一个个炮眼，圆满完成工程任务。

张泽洪感叹道："虽然又苦又累，但一辈子有了这样的经历，也是人生的一笔财富啊！"

1965 年，刚刚初中毕业的张泽洪便挑起了生活的重担，在外做点儿零工，补贴家用。

张泽洪出生在一个普普通通的家庭里，排行老大，家中还有一个弟弟、两个妹妹，一家人的生活开支都靠在邮电局上班的父亲每月不多的工资。

张泽洪说："我记得自己第一次挣钱，就给家里挣了 5 块钱，可把我妈高兴坏了。那一次，我为镇上的棉花站挑土，刚刚十来岁的我本来身子就单薄，遇上如此繁重的劳动，实在是不易。早上要去开早工，瘦弱的肩膀挑着 25 公斤的担子，奔波于棉花站和工地之间。一天干下来，肩膀磨得又红又肿，两腿又酸又疼。就这样干了十来天，终于挣到了我人生中的第一个 5 块钱，当即就给我妈拿回了家，把我妈可高兴了一阵子呢！"

之后张泽洪来到葛洲坝施工工地。

1981 年 1 月 4 日，葛洲坝大江截流，张泽洪也有幸见证了这一天。

张泽洪说："那天，我正在黄柏河上夜班，指挥车辆拉土运到截流现场，看到大江截流圆满成功，我感到无比自豪。"

1981 年 1 月，在葛洲坝水利枢纽工程的数万名建设者，连日来冒着雨雪抢修大江围堰，为确保大江围堰安全度过汛期和葛洲坝一期工程能按期在 7 月通航发电而继续努力。

1 月 4 日晚取得截流胜利之后，贺电、贺信从全国各地雪片般飞到葛洲坝工区。

但是这里一没有开祝捷大会，二没有搞庆功授奖仪式，除了在围堰龁堤合龙时放了几挂鞭炮之外，再没有为庆祝胜利花费一分钱。

当晚，已经连续几天几夜没有吃好睡足的工程局主要领导干部，简单地吃了一顿晚饭，21 时 30 分，就在工地召开紧急会议，随即发出第三号命令。

命令号召广大职工不自满、不松劲，继续发扬截流期间万众一心争着干、抢着上的革命精神和战斗作风，抓紧时间将大江围堰扩宽增高，保证安全度汛。同时，尽快完成二江电站和三江航道的扫尾工程，以保证7月份能够通航发电，争取第一期工程早日全面竣工。

当时，葛洲坝工地连续不断地下着鹅毛大雪，气候寒冷、道路泥泞。但是，整个工区还是一片车水马龙。5天加上一个昼夜，大江围堰全线就加高了3米以上，新填筑土石方4万立方米。

大江围堰防渗墙的施工是保证安全度汛的关键项目。几十台施工机械日夜轰鸣，工人们每天都超额完成任务30％以上。

2004年，正式退休的张泽洪，不仅在西坝街道办丫口社区党员工作室担任党员小组组长，发挥余热，为社区居民排忧解难，日子过得充实而有意义，而且，在自己收集烟标的爱好中自得其乐，安然享受晚年生活。

团干部带出青年突击队

1983 年 9 月 30 日，共青团中央批转《长江葛洲坝工程局团组织在重点建设中发挥突击作用的调查报告》：

共青团中央通知

现将团中央工农青年部、团湖北省委联合调查组关于《长江葛洲坝工程局团组织在重点建设中发挥突击作用的调查报告》转发给你们。

长江葛洲坝水电工程是国家的重点建设项目。几年来，工程局各级团组织紧密围绕工程建设开展共青团工作，带领广大青年在重点建设中发挥突击作用，为建造第一流大坝、培养新一代水电工人作出了积极的贡献。

他们的做法可供各地工矿企业团组织特别是重点建设单位团组织借鉴。

集中财力物力，确保重点建设，是党在经济建设中的重大决策，关系到国家的经济振兴和"翻两番"战略目标的实现。

各级团组织要通过宣传教育，把广大青年的认识统一到党中央的决策上来，引导青年把爱党爱国之情化为振兴中华的具体行动，发扬艰苦奋斗、开拓进取的革命精神，关心重点建设，支援重点建设，参加重点建设。

承担重点建设项目单位的团组织要带领广大团员青年以高度的主人翁责任感和共产主义劳动态度做好本职工作，开展义务劳动，确保工程质量，缩短建设工期，节约材料资金，为提高工程建设的经济效益贡献力量。

同时，要加强对广大青工的爱国主义、集体主义、社会主义和共产主义教育，抓好文化技术学习，从根本上提高青年的政治素质、技术素质和文化水平，努力培养有理想、有道德、有文化、守纪律的一代新人。

重点建设工程在国家建设中具有举足轻重的作用，团中央和各省、市、自治区团委都要把加强重点建设工程团的工作，作为团在四化建设中的一项重要任务，切实加强领导，组织好各项活动，带领广大青年做重点建设的英勇突击队！

当时，长江葛洲坝工程局有职工 4.8 万多人，青年职工 2.2 万多人，其中团员 7910 人。

建坝 10 多年来，这个局团组织积极带领团员青年在工程建设中发扬艰苦奋斗，不怕困难，敢打硬仗，勇猛拼搏的革命精神，为建造大坝，培养队伍作出了较大贡献。

工程局团组织在生产活动中把质量问题作为一个重要内容，引导广大青年本着对历史、对人民高度负责的精神，每拌一罐料浆、每立一块模板、每扎一根钢筋、每浇一方混凝土都严细认真、一丝不苟，为建造第一流工程而努力奋斗。

混凝土拌和，是保证大坝浇筑质量的第一关。拌和厂团委为了牢牢把住这一关，在全厂青年中开展了"最佳青年操作手"竞赛，使青年们工作责任心大大增强，操作技术普遍提高，涌现出 34 名最佳操作手。

青年们拌和的水泥衡量精度和骨料衡量精度均提高 10%，混凝土入仓合格率达到了 100%。

浇筑一分局浇三队质量曾一度上不去，经常出现扒仓返工事故。为解决这个问题，团支部组织了青年突击队，抓住下料和振捣的关键环节，定人、定点，严格把关，使浇筑合格率达 100%，优良率达 98%，杜绝了扒仓事故。

被称为"天下第一门"的 2 号船闸"人"字门，每扇高 34 米，重 600 吨，要求垂直度误差不超过 5 毫米。

由 33 名青工和 3 位老师傅焊接的这两扇巨门实际误差还不到两毫米，使前来参观的外宾惊讶不已。

对每一个关键工种，团组织都教育青年严格按照质量要求，一丝不苟地进行操作。

施工建设

安装分局青年班长张兴智在二江电厂机组安装中，精心装配，严细认真，经他这个班组装的转子质量均一次验收合格。

在安装7号机转子时，由于铁片厚薄不匀，影响质量，他们将400多根大螺丝全部卸下，3次进行技术处理，保证了组装质量。

张兴智说："党和人民把建坝任务交给我们，我们只有为它增光的责任，没有给它抹黑的权力。"

多年来，团组织把拾旧利废，勤俭节约作为一项传统活动，带领青年大处着眼、小处着手，从节约一段钢筋、一块木板、一斤水泥做起，积少成多，用于工程建设，堵塞浪费漏洞。

全国新长征突击队、浇筑二分局木工一队团支部，教育团员青年树立节约光荣的思想，克服大手大脚的现象，发动青年回收和修理垫圈、扣件、钉子、模板、螺丝螺帽。团支部有节约箱，团小组有节约账，指标分配到组、落实到人，展开竞赛。

全体团员青年都积极参加这一活动，在工地上拣拾散落的物资，青年们逐步养成了勤俭节约的好习惯，自觉做到上班下班不空手，工余饭后搞回收。

青年锻工黄友峰常年坚持洗废纱，拣煤核，改炉膛，用废铁锻打抓钉，仅1981年就节约4000多元。

工程局团员青年心里都有这样一笔账：一台机组早一天发电就可收回十几万元的投资；长江三峡早一天复

航，就可减少 30 万元的损失。所以他们人人都有一种强烈的紧迫感。

在各级团组织的带领下，广大团员青年发挥体力和智力优势，苦干巧干，争时间、抢速度。

他们急工程建设之急，应工程建设之需，勇于承担任务，攻克难关。

在浇筑二江泄水闸大会战的紧张阶段，因运输线路不足，混凝土供不应求。

会战指挥部决定铺设一条新的铁路线。但是，这条铁路线要通过一座土山。机械进不去，施工又紧张，抽不出人力。

局团委主动请战，承担了这个搬山开路的任务。他们组织数千名青年义务劳动，业余突击，肩挑人抬，苦战 20 天，挖土万方，圆满完成了这一艰巨任务，受到局领导的赞扬。

1981 年，一期工程主体浇筑结束后，大坝面临着长江百年不遇的特大洪水的严峻考验，确保安全度汛成为当时的关键。

为观测大坝水下情况，泄水闸底层 30 多米深处的 5 个积水井和 17 条观测廊道急需清理，以便在洪峰到来之时准确掌握各种技术数据，确保大坝安全。

局团委急度汛之急，带领青年迎难而上，组成了 20 多支以团干部为核心的业余突击队，承担了这项艰巨的清淤任务。

他们在场面窄小，阴暗潮湿，无辅助手段的条件下，不顾井深泥多，臭气熏人，连续奋战一个多月，终于抢在洪峰到来之前完成了任务，为安全度汛立了大功。

团组织不仅引导青年苦干实干，出力流汗，而且鼓励青年开展技术革新，为大坝建设贡献聪明才智。

在一期工程施工中，担负主要运输任务的进口车 T20 和 S30 常常因缺少配件而抛锚，严重影响施工。

团员陆建政刻苦钻研，精心设计，反复试验，革新成功了一套失蜡浇铸设备，解决了进口车配件问题。

青年工人胡大荣革新成功压力式穿轴工具，提高工效 10 倍。

团员方国光革新成功模板整体提升机，提高工效 7 倍。

团组织带领广大团员青年为一期工程提前发电，加快二期工程建设，作出了重大贡献。

党政领导同志深有感触地说："生产有困难，就找共青团！"

几年来，局团委广泛地开展了"我爱葛洲坝""爱大坝，当主人"的主题教育。

他们联系我国水电事业发展史、葛洲坝工程建设史，把"三热爱"教育、主人翁思想教育、艰苦奋斗传统教育和理想前途教育融汇在一起，利用团刊、板报、广播、青年之家等阵地，运用政治轮训、开展读书活动，举办专题报告会、讨论会、诗歌朗诵音乐会、演讲、征文、图片展览以及上团课等丰富多彩的形式，具体形象、生动活泼地宣传老一辈水电工人的艰苦创业史、葛洲坝工程建设的意义和成就，以及青年一代在工程建设和未来水电事业中的历史责任。

通过教育，青年的精神面貌发生了很大的变化，逐渐增强了热爱大坝、建设大坝的主人翁责任感，树立了艰苦奋斗、以苦为荣的思想。

全局1346名后进青年中，1057人有了不同程度的转变，许多人入党、入团、提干，成为先进人物。现在"为大坝建设增光添彩"已成为全局广大青工的自觉行动。

葛洲坝工程是高度机械化施工，设备先进，工序复杂，技术性强，没有一定的文化、技术素养，难以胜任。

团组织适应工程建设需要，组织青年学习文化、技术，引导青年立葛洲坝之地，成水利建设之才。

他们主动配合有关部门，搞好青工的文化、技术补课。

这些活动，大大激发了青工学文化、学技术的热情，促进了他们文化、技术水平的提高。

浇筑二分局钢筋队团支部积极组织青年学技术、练操作，117名青工的平均技术等级由1.79级提高到4级。

该队二级青工吴建平刻苦学文化、钻技术，实际技术水平已达到六级工的标准，担起了队里"放大样"的重要工作。

在加强青工队伍建设的过程中，局团委还大张旗鼓地开展学先进、赶先进的活动，大力倡导革命英雄主义精神，充分发挥先进人物鼓舞作用，激发青年奋勇争先。

几年来，他们组织青年坚持学雷锋、学张海迪等模范人物的事迹。同时，培养了大批本单位的青年先进人物，先后树立了"工程建设的实干家周口山""一心扑在工程建设上的青年浇筑工吉保定""雷锋式的好青年曹佐英""苦干实干的生产能手万少安"等190多名青年标兵，表彰了几千名先进青年。

在榜样的带动下，全局青工学先进、争上游蔚然成风，先进面不断扩大，出现了"一花引来万花开"的局面。

不少青工自觉以周日山为榜样，努力工作、努力学习，为大坝建设贡献了自己的光和热。

女焊工程汉珍，在周日山的影响和帮助下，苦练技术，提前一年零8个月转正定级，也成为青年标兵。

葛洲坝工程施工环境艰苦，劳动强度大。局团组织关心青年的业余生活，开展了各种生动活泼、健康向上的文娱体育活动，对陶冶青年情操，促进他们安心工地建设具有重要的作用。

局团组织把活跃青年的业余生活作为共青团的主要任务，积极创造条件，兴办阵地，组织活动。

他们在党政部门的支持下，自力更生筹集经费，利用废旧材料，因陋就简地办起"青年之家"110余所。

各团支部基本普及了球类、棋类、乐器等文体用品和文化杂志书籍等，很多支部还拥有电视机、电唱机、照相机等器材。

各分局团委都有足球、篮球等活动场所，有的分局已建起了"青年活动中心"。

工程局正在加紧筹建一座大型的"葛洲坝青少年宫"。三级团组织的文体活动阵地已初具规模。

广大青少年在这里读书看报，增长知识；打球下棋，锻炼身体。

除日常生活之外，团组织还定期举办球赛、棋赛和歌咏会、绘画、书法、摄影、游览等活动。

丰富多彩的娱乐活动，大大丰富了青年的业余生活，使他们在劳动之余得到了高尚有趣的精神享受，培养了良好的情操和崇高的道德品质。

广大青工普遍反映，这里的生活充实，工作起来有劲头，有奔头。

党的十一届三中全会实现了党的工作重点的转移，葛洲坝建设也进入施工高潮。

在新的形势下，局团委及时召开工作会议，明确提出以工程建设为中心开展团的工作，动员和组织青年为建设大坝贡献青春。

各级团组织始终坚持这个指导思想，在工程建设的每个关键阶段，都相应地开展各种生产突击活动。

在二江泄水闸施工中，他们响亮地提出了"大战泄水闸、争当突击手"的口号，掀起了大规模的会战热潮。

当全局万众一心保截流的时候，他们扎扎实实地开展了"为截流立功"的竞赛活动，组织了4次全局性的突击活动，取得了重大胜利。

工程进入确保通航、发电、度汛阶段后，他们又在青年中开展了轰轰烈烈的劳动竞赛。

汽车分局团委副书记张金泉，1980年上任后，团委专职团干一直就他一个人，虽担子重，工作忙，但他毫无怨言，不分白天黑夜加班加点，经常睡在办公室，团的工作年年受到分局党委的表扬。

他们坚持深入实际，调查研究，明了大坝施工的关键，把工作落实到基层。

1981年，拌和厂混凝土拌和一度生产上不去，这个厂团委一班人主动到第一线跟班劳动，了解情况，找到了问题的症结是进料、拌和、运输等单位协调不好，所以及时在青年中开展了以工序之间紧密配合，保质保量创一流成绩为内容的"一条龙"竞赛。

经过一段时间的努力，改变了全厂生产面貌。

他们既当指挥员，又当战斗员，突击活动带头干，困难时候冲在前，身先士卒，率先垂范。

1981年7月，当长江特大洪峰通过葛洲坝时，浇筑二分局木工一队团支部承担了二江厂房下导渠围埝的防护任务。

当时江水汹涌，急剧上涨，严重威胁着设备和材料的安全，围埝急需加固加高。

　　团干部不顾被洪水卷走的危险，带头跳入水中，手拉手筑起人墙，经过两天两夜的奋战，终于完成了任务。

　　正因为有这样一支好的团干部队伍，才能够带领青年成为大坝建设中的英勇突击队。

施工建设

葛洲坝通过国家验收

1981 年 1 月 4 日，葛洲坝水利枢纽一期工程胜利实现大江截流，同年 6 月，三江通航建筑物投入运行。

大江截流验收报告提到：

葛洲坝工程大江截流是长江干流上首次截流，设计流量 5200 至 7300 立方每秒。龙口水深 10 至 12 米，合龙抛投料数量 22.8 万方。

大江截流水深、流量大，且二江分流导渠及泄水闸底板比龙口河床高 7 米，截流难度较大，其规模和主要技术指标在当时国内江河截流中前所未有，在国外水电工程中亦属罕见。

设计上通过大量水工模型试验研究和分析计算，选用上游围堰戗堤双向进占立堵截流。下游围堰戗堤尾随进占，不承担落差的截流方案。

设计采取多项降低截流难度的技术措施，确保了截流工程的胜利实施，实际激流流量 4400 至 4800 立方米每秒，最终落差 3.23 米，合龙仅用 36 小时，创单戗堤立堵截流抛投强度 7.2 万方的纪录。

葛洲坝工程大江截流龙口段河床采用预平抛30吨重钢架块石笼和25吨重预制块拦石坎护底。

三峡工程大江截流龙口段河床实施预平抛垫底方案时，为解决石砟料及沙砾石料在深水动水中抛投时的到位成型及漂移特性问题，设计在总结葛洲坝工程大江截流预平抛施工实践经验的基础上，结合工程实际开展了系列试验研究，并通过实船抛投试验，取得了用以指导水下抛投的水力要素和施工参数，从而使龙口段河床平抛的沙砾石料及块石石砟料到位成型较好，并经受了汛期大流量的冲刷考验、平抛垫底施工是成功的。

葛洲坝大型水利工程枢纽布置从研究河势，即研究河流水流和泥沙流势入手，做好建坝后河势规划，安排好河流动力轴线，即主流线。

设计人员当时说："如果主流线不平顺，坝下出现折冲水流，对泄洪、排沙、通航、发电都不利，而折冲水流顶冲河岸，易导致崩岸，威胁沿岸人民生活生产。"

葛洲坝工程枢纽布置经过反复分析研究和一系列水工泥沙模型试验，最终采用了"一体两翼"的布置方案：在两岸靠岸侧布置两条独立航道，即大江及三江航道，分别设一座船闸及两座船闸和大江泄洪冲沙闸及三江冲沙闸。

这样布局，把河道和过水建筑物内在组成一个整体，形成顺应坝区河势规划的枢纽布置。适应了分期施工、导流、截流和提前发挥通航、发电效益的要求。

葛洲坝工程先围二江、三江。修建二、三江上下游土石围堰及一期土石纵向围堰，形成二、三江基坑。

在修建二江泄水闸、二江电站、二期纵向围堰和三江船闸及冲沙闸时，由大江宣泄洪水，维持长江原河道通航，再围大江，实现大江截流。

填筑二期上下游土石围堰的时候，与已建成的二期纵向围堰形成大江基坑，修建大江电站和大江船闸及冲沙闸，江水从二江泄水闸宣泄，三江船闸通航、二江电站发电。

"一体两翼"的格局，从总体上解决了泄洪、排沙问题。二江泄水闸，以上游左右侧防淤堤和下游左右侧导墙为制导，配以拦导沙建筑物，承担枢纽的泄洪、排沙任务。

而以大江、三江冲沙闸为辅，分别承担相应的泄洪排沙任务。

工程在大江、二江电站厂房设排沙底孔，以分担排泄各自的厂前来沙。

葛洲坝枢纽各建筑物互相配合，形成全线泄洪排沙，达到了泄洪、排沙的要求，保证了工程的安全和正常运行。两条航线、三座船闸的布局，采用"静水通航、动水冲沙"的基本措施，保证了航运畅通和水运的持续发展。

1981 年 7 月 30 日，二江电厂第一台 17 万千瓦机组开始并网发电。工程曾于 1981 年 7 月 19 日经受了长江百年罕见的特大洪水的考验，大坝安然无恙，工程运行正常。

一期工程于 1985 年 4 月通过国家正式竣工验收，并荣获国家优质工程奖；大江截流工程荣获国家优质工程项目金质奖。

国家验收单位在验收结论中说：

> 工程设计先进，施工质量和主要机电设备质量优良。葛洲坝工程成功地解决了一系列的科学技术难题。如：工程河势规划和泥沙问题、复杂的工程基础处理问题、大流量泄水闸消能问题、高水头大型船闸的设计施工与管理、大型低水头水轮发电机组设计制造与运行管理、大型金属结构的设计与制造和安装、大流量截流及深水围堰设计施工、混凝土高强度施工技术和大型工程现代化施工管理等。

随着葛洲坝水利枢纽第二期工程建设的全面展开，建设者们提出了新的战斗口号：

　　用新思想、新作风、新工艺、新水平，创建第二期全优工程。

　　当时，数万名葛洲坝建设者已把主要力量投入宏伟的第二期工程建设中去。

　　大江基坑安全施工的屏障大江上下游围堰，已全部完工，围堰内1000万立方米的积水已全部抽干，亘古奔流的长江主河道在这里第一次展露出布满灰白色卵石的河床面貌。

　　面积达90万平方米的大江基坑内，钻机轰鸣，炮声震天，数百台电铲、装载机、推土机和载重卡车日夜作业，大面积的土石方基础开挖已全面展开，有的部位挖到了河床底下30米的深处。

　　整个施工现场，呈现一派紧张繁忙、热气腾腾的景象……

　　为了保护和发展鲟鱼资源，在葛洲坝二期工程大坝下游为将来建设的过鱼建筑物预留了位置。

　　1986年5月31日，大江电厂第一台机组并网发电，1987年创造了一个电站一年装机发电6台的中国纪录，1号船闸及大江航道于1988年8月进行实船通航试验。

　　1988年12月6日最后一天，该工程成功地解决了大江截流、泥沙问题和大流量泄洪问题。

　　1991年11月27日，长江葛洲坝水利枢纽第二期工程在湖北宜昌通过国家正式验收。

至此，长江葛洲坝水利枢纽工程已宣告全部竣工，开始全面发挥效益。

大江工程为二期工程，由混凝土重力坝、大江泄洪冲沙闸、总装机容量175千瓦的大江航道及作为当今世界上最大船闸之一的1号船闸、大江电厂和500千伏变电站组成。

整个工程由长江水利委员会进行设计，长江葛洲坝工程局承担施工。工程总投资为48.48亿元人民币。

葛洲坝电厂所发电量占华中电网新增电量的一半以上，对缓和河南、湖北、湖南、江西省用电紧张局面和促进经济发展发挥了一定作用。

在航运方面，葛洲坝工程建成后，改善了川江近200公里三峡峡谷航道条件，使航运更加安全，成本降低、时间缩短。1、3号船闸过闸累计货运量6100多万吨，客运量近6000万人次，其中1988年货运量、客运量分别为1979年截流前的2.6倍和6.5倍。

由长江电力股份有限公司、湖北省港航管理局葛洲坝过闸管理处等单位联合组成的竣工验收组，对长江宜昌航道工程局承修的湖北省港航管理局葛洲坝过闸管理处中水门锚地工作趸船大修工程进行了最后验收。

验收组对该大修工程修理情况表示满意，并给予高度评价，同意一次性验收合格。

葛洲坝过闸管理处负责人介绍说：

该趸船主要用于长江中下游地方船舶通过葛洲坝船闸前的登记和待闸船舶临时停靠。随着三峡水利枢纽175米蓄水的成功实施，上游航道通航条件的不断改善，过往葛洲坝船闸的船舶愈来愈多，而需要在该趸船登记和临时停靠的船舶数量随之增多，为确保登记和待闸临时停靠船舶的安全，特对该趸船电动锚机、电路改造等六大项目进行维修。

葛洲坝水利枢纽工程是在世界第三大河长江干流上兴建的第一坝，由我国自己设计、施工、自己制造发电机组，是当时我国已建成的最大的水利水电工程，因而得到毛泽东、周恩来的关切和重视。

兴建葛洲坝工程是为了缓和华中地区电力供应日益紧张的矛盾，同时改善川江最惊险的三峡区间航道。并且还为三峡水利枢纽的建设做"实战"准备。

万里长江映彩霞，高山峡谷千秋坝。站在西陵峡口，眺望葛洲坝这座世界级水利枢纽工程，只见它犹如一颗璀璨的明珠镶嵌在风光秀丽的三峡峡口，自然风光和人工奇观交相辉映，相得益彰，为美丽的三峡添上了浓墨重彩的一笔。

长江三峡段，坡度陡，落差大，峡长谷深，不但水利资源丰富，又有优良的坝址，是建设大型水利枢纽工程的理想地点。

毛泽东曾为此写下了"高峡出平湖"的壮丽诗篇，他用诗的语言为人们描绘出未来三峡的宏伟蓝图。

　　当年，周恩来向全国人民提出：

　　　　为充分利用中国五亿四千万千瓦的水力资源和建设长江水力枢纽的远大目标而奋斗。

　　周恩来同时还指出：

　　　　若不修建长江三峡水力枢纽工程，长江防洪就得不到彻底解决，也更谈不上综合利用问题。我们修建三峡大坝，就是为了从根本上解决洪水的威胁，实现毛主席"高峡出平湖"的宏伟理想，使它永远造福于人民。

　　周恩来曾在解释毛泽东的"待到山花烂漫时，她在丛中笑"这两句诗的意思时说：

　　　　首创的人，没有等到事业的成功，也就是看到别的花开的时候它谢了……你首创，但不一定能自己享受。

　　葛洲坝的建设者们都欣慰地表示：

　　周总理生前虽然未能亲眼看到"高峡出平湖"的壮丽图景，但他做了大量的筹划与准备工作，特别是他亲手开创了长江第一坝——葛洲坝工程的建设，为三峡工程建设积累下经验，锻炼了队伍，奠定了基础。

　　大坝建成后，抬高了长江水位，有效地改善了三峡天然航道。

　　"朝辞白帝彩云间，千里江陵一日还。两岸猿声啼不住，轻舟已过万重山。"这不再是诗人的夸张和美好的幻想，已经成为活生生的现实。

本书主要参考资料

《国史全鉴》本书编委会编 团结出版社

《葛洲坝建设者的话》三三〇工程局政治部创作组

《葛洲坝工程的决策》杨世华主编 湖北科学技术出
版社

《葛洲坝人》甘良波编写 湖北人民出版社

《闸门与启闭机》王既民主编 水利水电出版社

《土石方工程施工》陈笑霖主编 水利电力出版社

《水轮发电机组》沈克昌 钟梓辉主编 水利电力出
版社

《混凝土工程施工》周世明主编 水利电力出版社